RECORDAÇÕES DE INFÂNCIA

CB124050

GIUSEPPE TOMASI DI LAMPEDUSA

Recordações de infância

Contos

Tradução
Roberta Barni
Fabiano Dalla Bona

Organização
Nicoletta Polo

Introdução e notas
Gioacchino Lanza Tomasi

COMPANHIA DAS LETRAS

Copyright © 1961, 1988 by Giangiacomo Feltrinelli Editore, Milão
Copyright da introdução © 2014 by Gioacchino Lanza Tomasi

Grafia atualizada segundo o Acordo Ortográfico da Língua Portuguesa de 1990, que entrou em vigor no Brasil em 2009.

Questo libro è stato tradotto grazie a un contributo del Ministero degli Affari Esteri e della Cooperazione Internazionale Italiano.

Obra traduzida com a contribuição do Ministério das Relações Exteriores e da Cooperação Internacional da Itália.

Título original
I racconti

Capa
Bloco Gráfico

Imagem de capa
Sem título, de Ana Luiza Alvares, 2024. Acrílico sobre tela, 24 × 30 cm.

Revisão
Ana Maria Barbosa
Huendel Viana

Dados Internacionais de Catalogação na Publicação (CIP)
(Câmara Brasileira do Livro, SP, Brasil)

Lampedusa, Giuseppe Tomasi di, 1896-1957.
Recordações de infância : Contos / Giuseppe Tomasi di Lampedusa ; tradução Roberta Barni, Fabiano Dalla Bona ; organização Nicoletta Polo ; introdução e notas Gioacchino Lanza Tomasi. — 1ª ed. — São Paulo : Companhia das Letras, 2025.

Título original: I racconti.
ISBN 978-85-359-4168-5

1. Contos italianos I. Polo, Nicoletta. II. Tomasi, Gioacchino Lanza. III. Título.

25-269501 CDD-853.1

Índice para catálogo sistemático:
1. Contos : Literatura italiana 853.1
Eliete Marques da Silva – Bibliotecária – CRB-8/9380

Todos os direitos desta edição reservados à
EDITORA SCHWARCZ S.A.
Rua Bandeira Paulista, 702, cj. 32
04532-002 — São Paulo — SP
Telefone: (11) 3707-3500
www.companhiadasletras.com.br
www.blogdacompanhia.com.br
facebook.com/companhiadasletras
instagram.com/companhiadasletras
x.com/cialetras

Sumário

Breves notas sobre o caso Lampedusa

Gioacchino Lanza Tomasi

Racconti [Contos], de Giuseppe Tomasi di Lampedusa, foi lançado pela editora Feltrinelli em junho de 1961. O filme de Visconti baseado em *O Leopardo* ainda estava por vir, enquanto o romance — publicado postumamente em 1958 — permanecia no topo das listas de vendas e era o texto mais controverso sobre a interpretação histórica da Itália unida de ontem e de hoje. Já tinha sido traduzido nas principais línguas ocidentais.

Em 1960, a viúva do escritor, a princesa Alessandra Wolff Stomersee, entregara a Giorgio Bassani, diretor editorial da Feltrinelli, quatro textos inéditos do legado literário, provavelmente datilografados por sua irmã, Olga Wolff Stomersee-Biancheri. A edição de 1961 era confiável — exceto por pequenos ajustes mais tarde realizados — para os três textos narrativos: "A alegria e a lei", "A Sereia" e "Os gatinhos cegos". A princesa, por sua vez, submeteu as *Recordações de infância* a uma revisão. As intenções eram duas: apagar os traços reconhecíveis e os sarcasmos dirigidos a alguns dos personagens — em particular parentes — e dar uma *consecutio narrativa* a um texto que se apresentava como um rascunho onírico, movido sobretudo por uma violenta pressão emotiva.

A princesa permaneceu testamentária inventariante até seu falecimento, em 1982. Queria construir uma versão sua, e oficial, do marido, cavalheiro escritor, mas essa perspectiva entrou em conflito com as interpretações — políticas, literárias e filológicas — que o romance póstumo havia estimulado. O primeiro incidente veio com as objeções por parte de Carlo Muscetta, catedrático de Literatura Italiana em Catânia, sobre a confiabilidade da edição de 1958 organizada por Giorgio Bassani.

Em março daquele ano, eu pusera à disposição de Bassani o manuscrito autógrafo de 1957. Bassani o manteve em mente; mas o livro já estava nas primeiras provas e as seis partes datilografadas não foram reelaboradas conforme o texto do manuscrito. Em 1969 assumi a tarefa de publicar a edição de *O Leopardo* de acordo com o manuscrito de 1957, ou seja, a versão que o autor, em carta-testamento de maio desse mesmo ano, indicava como aquela a ser seguida caso os herdeiros conseguissem encontrar um editor. Massimo Gangi, então membro do Comitê Científico da Fundação Giangiacomo Feltrinelli, tinha sugerido ao presidente Giuseppe Del Bo confiar a mim, e não a um comitê editorial de italianistas, a edição conforme o manuscrito de 1957. Desde então, entre as muitas atividades da minha vida, um espaço cada vez mais amplo foi dedicado à curadoria da obra de Lampedusa, que ainda continua.

Após a publicação da edição extraída do manuscrito, a princesa não consentiu na publicação ou revisão de outros inéditos. Livia De Stefani tentou em vão adquirir, em nome da editora Rizzoli, os direitos de uma edição das *Lições* escritas para Francesco Orlando, *Literatura francesa* e *Literatura inglesa*, disponibilizando um datilógrafo para a princesa. Nesse ínterim, porém, ela havia se aproximado de Giovanni Macchia e Gabriele Baldini; a frieza deles a intimidou, e nada mais foi feito.

Depois da morte de Alessandra Wolff Stomersee, foi minha segunda mulher, Nicoletta Polo, quem me incentivou a retomar os papéis de Lampedusa. Nicoletta vasculhou a quantidade infinita de papéis e livros espalhados pelo palácio na Via Butera. Abria-se assim uma segunda fase da história editorial do nosso escritor. Em 1988, *Os contos* foram publicados pela Feltrinelli, com a versão original de *Recordações de infância*; em 1990-91, pela editora Mondadori, *Literatura inglesa*; em 1995, novamente pela Mondadori, o Meridiano *Obras*, que inclui todo o legado literário do autor, revisado várias vezes e hoje em sua sexta edição. Com o Meridiano, o caso Lampedusa parecia concluído, mas uma terceira fase se abriria com a publicação, em 2006, de *Viagem à Europa: Epistolário 1925-30*, à qual se seguiriam novas pesquisas biográficas e a descoberta de algumas passagens que estão incluídas nesta nova edição dos *Contos*, enriquecida por um vasto aparato crítico. São explicados os bastidores históricos e dinásticos, os topônimos decifrados; indicadas as fontes, analisadas as citações. Tal aparato também visa mostrar o processo criativo do autor — sua relação entre fantasia e realidade — e destacar-lhe a pessoal técnica de mascaramento, da qual deriva sua delicada, maliciosa ironia.

RECORDAÇÕES DE INFÂNCIA

Introdução do editor

Reli e revisei recentemente as *Recordações de infância*: a ocasião foi uma nova edição inglesa, publicada em março de 2013. Quis transcrever integralmente o texto, mesmo ali onde este aparece apenas como uma remissão à memória de recordações sensíveis e, portanto, duradouras.

O manuscrito original apresenta-se como um rascunho. E esse rascunho é uma espécie de sonho de desejo redigido com a fúria e a incongruência do despertar, a supressão da consequencialidade temporal e a representação em alguns instantes de pulsão emotiva, quase uma autoanálise sobre o percurso libidinal da própria vida. Na primavera de 1955, Lampedusa completou e corrigiu a primeira parte de *O Leopardo*. A ideia de encerrar o romance no espaço de 24 horas (modelo de *Ulysses*) falha. Lampedusa relê *Henry Brulard* ("meados de junho de 1955") e propõe-se a emular o seu "método [...] até mesmo ao desenhar as 'plantas' das cenas principais".

Na "Introdução", o autor declara querer dividir essas "Memórias" em três partes: "A primeira, 'Infância', levará até minha frequência no Liceu. A segunda, 'Juventude', até 1925. A terceira, 'Maturidade', até hoje, data na qual considero que inicie a velhice". As *Recordações* (escritas antes da "Introdução") evocam aquelas anteriores a uma consciência cronológica dos eventos. Ergue-se prepotente o desejo de repossuir a "casa", o palácio Lampedusa destruído no bombardeio de 5 de abril de 1943. Para tornar a visualidade da memória tátil, Lampedusa esboça duas "plantas": o cômodo do toucador da mãe e uma planta geral do térreo. Seguem-se folhas em branco e um suposto intervalo temporal desde a redação da "Introdução". E depois eis a "Infância" — "Os lugares": o projeto anunciado ganha forma. Estamos precisamente na seção "Infância", título que precederá os dois locais examinados. O primeiro é o palácio Lampedusa, o segundo o palácio Filangeri di Cutò, em Santa Margherita Belìce. A descrição da casa natal é minuciosa, com uma fluência regurgitante da união entre imagens e afetos. Como se Giuseppe quisesse recuperá-la, escorchá-la canto por canto e pedaço por pedaço. Em "Infância — Os lugares — As outras casas", o escritor lista as "filiais" no campo que incrementam o fascínio da "casa-mãe": o palácio Filangeri di Cutò em Santa Margherita Belìce, a Villa Cutò em Bagheria, o palácio de Torretta, a casa de campo em Reitano. Outro subtítulo: "Destino dessas casas". Segue a parte mais extensa das *Recordações*: a longa, alegre e ao mesmo tempo comovente narração de uma infância feliz no ventre materno encarnado pelo palácio Filangeri de Santa Margherita e por suas dependências campestres. Esse reconhecimento é interrompido por uma inserção, "A viagem". Ele retoma com uma lista de objetos obsoletos — toalhas de mesa antigas, artigos de papelaria, alguns retratos de locais notáveis — e conclui com as primeiras lições de leitura dadas ao principezinho de oito anos por uma rústica e eficiente professora do ensino fundamental.

O rascunho das "Memórias" termina aqui. O escritor tornou a mergulhar em *O Leopardo*, e o caderno das "Memórias" não mais será reaberto.

Todos os escritores que falaram de *O Leopardo* — de Eugenio Montale a Marguerite Yourcenar, de Amós Oz a Javier Marías, de Mario Vargas Llosa a Jorge Guillén — expressam admiração pela intensidade da fabulação de Tomasi di Lampedusa, sua contribuição para tornar possível a sobrevivência do romance histórico como sequência de dados sensíveis, memórias subjetivas que emergem com o poder próprio de uma experiência mítica e, portanto, indiferente ao espaço e às contingências temporais. Nesse ponto se dissolve a questão sobre o atraso ou a antecipação do escritor. Muitos colegas consideraram a obra de Lampedusa um momento importante de sua formação. Eles enfatizaram como, partindo de Proust, ele privilegiou a visão subjetiva e a antepôs à verdade. Lampedusa, sem escrúpulos, com gosto e deleite, transforma a história em apropriação pessoal. Nesse contexto, *Recordações de infância*, enquanto laboratório de reminiscências, é uma passagem fundamental. A vida pode ser responsavelmente feliz, embora melancólica. Em seu caráter de rascunho, as *Recordações* sugerem a recuperação da história como o reaflorar de signos indeléveis. E sua revelação, através dos leitores e dos escritores anteriores ou posteriores, tem a ambição de contar a natureza humana como história de afetos, dados sensíveis, independentes da documentação histórica e amplamente compartilháveis como signo da espécie. Tomasi — como assinala, entre outros, Jean-Paul Manganaro, numa nova edição francesa dos *Contos* (Paris, 2014) — vai além de Proust. No ensaio introdutório "Appartenances", Manganaro aponta o *Ulysses* e Virginia Woolf entre os antecedentes; a estes deverímos adicionar T.S. Eliot, em especial seu ensaio "Hamlet and His Problems" e a teoria do "correlato objetivo".*

Em 1989, abrindo casualmente um livro da biblioteca histórica de Lampedusa, minha mulher, Nicoletta, encontrou nele dois folhetos com o início de outra recordação. O trecho é tudo o que resta da seção indicada como "As outras casas". Ali se fala do palácio baronial de Torretta. Restam duas fotografias do palácio: uma conforme a descrição do escritor, com uma fonte diante da fachada — o único abastecimento hídrico da cidade —, e a outra, posterior à construção de um aqueduto, na qual a fonte desapareceu. A fonte parece mais antiga que a fachada, da virada dos séculos XVII e XVIII. O palácio é do século XVIII. Um típico edifício de palácio baronial, presente aqui num exemplo menor. O palácio também desaparecerá após a Segunda Guerra Mundial, seguindo o destino dos lugares amados por Lampedusa. Será demolido em 1950 e em seu lugar serão construídas as escolas do lugarejo: um prédio de engenharia civil no pior sentido do termo, cujo pobre concreto armado vai, na terminologia tomasiana, lentamente decaindo. Torretta fora trazida como dote a Giulio Tomasi por Rosalia Traina, sobrinha do arcebispo de Agrigento, Francesco.

* *"The only way of expressing emotion in the form of art is by finding an 'objective correlative'; in other words, a set of objects, a situation, a chain of events which shall be the formula of that* particular *emotion; such that when the external facts, which must terminate in sensory experience, are given, the emotion is immediately evoked"* ["A única maneira de expressar emoção em forma de arte é encontrando um 'correlativo objetivo'; noutras palavras, um conjunto de objetos, uma situação, uma cadeia de eventos que deverão ser a fórmula daquela emoção *específica*; de modo que quando os efeitos externos, que devem desaguar numa experiência sensorial, são dados, a emoção é evocada de imediato"] (T.S. Eliot, "Hamlet and His Problems", em *The Sacred Wood*, Nova York, 1921).

Para os Tomasi da segunda metade do século XIX, Torretta lembrava a tuberculose que dizimava a família. Em vão, um tio do escritor foi enviado para lá a fim de se restabelecer em seu ar de colina, e de tuberculose também morreram o único primo de primeiro grau de Lampedusa — filho de seu tio Francesco — e os únicos dois homens Tomasi vivos no começo dos anos 1940. Morreram de tuberculose pouco depois do fim da Segunda Guerra, e com eles a linha masculina direta dos Tomasi se extinguiu. Além disso, Torretta era um lugar de máfia. Os Tomasi que ali residiram haviam sofrido ameaças e imposições matrimoniais antes mesmo que a cidade entrasse no livro de honra internacional da associação com a Tower Connection, um temível clã cujos membros eram de origem torrettense (Tower-Torretta). Lembro ainda dos traços de sarcasmo com que o escritor comentava as capturas de mafiosos após os atentados dos anos 1950. Os Di Maggio, os Badalamenti, os Gambino estavam quase sempre nas manchetes e despertavam seu assentimento satisfeito: "Que diabos!", "Oh! Era só o que faltava!", quando, e isso acontecia na maioria das vezes, as famílias de Torretta eram indiciadas entre os protagonistas do bando.

O fragmento Torretta, frente e verso de uma folha, que para no meio da frase e, portanto, deixa espaço para a possível descoberta de uma sequência, nos dá a chave do vilarejo siciliano: a Sicília desesperada, aquela que aparece na lívida e desolada partida ao amanhecer de Chevalley de Donnafugata.

Se forem visitar o túmulo de Lampedusa no Cemitério dos Capuchinhos, em Palermo, frequentemente verão flores ali. Acho que são deixadas por leitores que encontraram em seus textos alguma passagem que os reconciliou com a vida: as recordações do escritor evocaram uma cumplicidade nas recordações do visitante. O estado magmático das *Recordações de infância* é semelhante a alguns esboços sobreviventes de *O Leopardo*. Nessas primeiríssimas redações, o romance ainda é uma *histoire sans nom* e os nomes dos protagonistas são diferentes dos que conhecemos. A escrita, em ambos os casos, dá a impressão de um relato estenográfico para memória futura. Em *Recordações de infância*, o escritor manifestou algumas hipóteses de reconsideração. Às vezes, indica uma sequência diferente dos materiais que sobreviveram. Além disso, o manuscrito das *Recordações* apresenta várias rasuras. Em parte, decerto se devem à esposa, mas outras são do autor. Algumas coisas riscadas dependem de um ponto de vista comum: são censurados fatos demasiado pessoais e ofensivos a parentes e amigos. Por exemplo, sua rejeição rancorosa pela casa de Via Butera ("não é a minha casa") ou sua referência à opinião ortográfica desatualizada de seu tio Pietro Tomasi della Torretta sobre o vocábulo "república" fazem parte da *moquerie* malvada que Giuseppe tinha em comum com seu primo poeta Lucio Piccolo, e que era fundamentalmente o traço Cutò do caráter deles. Tanto Alessandro Tasca Filangeri di Cutò como suas irmãs Maria Tasca Filangeri e Beatrice Tomasi di Lampedusa deixaram para trás uma vasta anedótica de piadas desse tipo, uma reputação de línguas afiadas que era acompanhada pela antipatia de suas vítimas: *wicked jokes* que miravam os familiares mais próximos e os amigos mais caros, e que também constituíam uma parte (cúmplice) de nossa amizade.

Outras vezes os riscos, em especial aqueles que apagavam tudo, reiteradamente, à caneta, devem ser ligados a nova transposição do texto em *O Leopardo*: a passagem na qual se narra que Don Onofrio guardara o copo de conhaque que o príncipe deixara pela metade está riscada com violência, e foi decifrada em transparência para a presente edição.

As *Recordações* sem censura, portanto, revelam ao leitor e amigo a reconquista da felicidade num homem de 58 anos. O jogo do privilégio aristocrático se exprime, para além da nostalgia, em uma malícia verbal fina e tácita, associada a uma anedótica familiar rica e amada.

Além de serem um retorno à luz, à identidade após a perda — uma marginalização devida a eventos pessoais e, no contexto siciliano, coletivos da própria classe —, as *Recordações de infância* entreabrem o laboratório do escritor à época de sua obra-prima. Como apontei na premissa a *O Leopardo*, a primeira parte deveria ter encerrado no espaço de 24 horas todo o assunto do romance: foi revisada várias vezes, ciosamente, e embora enriquecida por um flashback (a conversa com Ferdinando II em Caserta), não há dúvida de que não esgotava o apólogo siciliano e familiar. É aqui que entram em campo as *Recordações*. O escritor sente a urgência de contar além do esquema fixo a que se propusera. E o início causa a sua aflição. Casa Lampedusa não existe mais. O autor não morrerá no quarto onde havia nascido e onde esperava morrer. Ao chegar ao reconhecimento de Santa Margherita, porém, o timbre da recordação deixa transparecer o consolo da memória. A escritura às vezes decai numa nota. Por exemplo, a descrição da grande antessala de Santa Margherita é interrompida por uma nota de listagem "[Capatazes — bonés, fardas, fuzis, lebres]", e essa nota será desenvolvida na descrição da milícia privada que acompanha Don Onofrio ao dar as boas-vindas ao Príncipe. Ou, durante a viagem, após a frase "O poeirão se levantava", aparece nas *Recordações* um "[Anna I, que também estivera na Índia]",* observação que se transforma na página 60**

* Giuseppe Tomasi di Lampedusa, *I racconti*, org. de Nicoletta Polo, pref. de Gioacchino Lanza Tomasi, 1. ed. rev. ampl., conforme os manuscritos originais, em "Impronte", Milão, 1988, p. 49.

** Id., *Il Gattopardo*, Milão, 1969. [Ed. bras.: *O Leopardo*. São Paulo: Companhia das Letras, 2017, p. 52.]

em "Mademoiselle Dombreuil, a governanta francesa que, completamente desfeita, lembrando-se dos anos passados na Argélia com a família do marechal Bugeaud,* ia gemendo: '*Mon Dieu, mon Dieu, c'est pire qu'en Afrique!*'". E essa contaminação entre memórias e romance é retomada algumas linhas depois: "Todos estavam brancos de poeira até os cílios, os lábios e as caudas". Indícios de uma redação talvez contextual.

Por outro lado, no romance as *Recordações* transbordam por toda parte. A toponímia de Santa Margherita e seus arredores se transfere ali por inteiro, e cada ambiente de *O Leopardo* tem seu próprio antecedente nas *Recordações*. Mesmo as salas do palácio Ponteleone, aquelas especialmente caras ao autor, são modeladas nos ambientes setecentistas da casa Lampedusa. O signo positivo, ligado ao objeto reconquistado, é o fio de Ariadne dessas transposições da memória à fantasia. A construção literária de *O Leopardo* infunde na descrição romanesca uma aceleração típica de um sonho de desejo. Nessa visão, o romance se apresenta como a compensação daquilo que por culpa própria ou alheia se perdeu. Sucessão temporal e verdade se abrandam e, em seu lugar, surge uma epifania de dados sensíveis glorificados. Psicologia e consciência histórica guiam a conversão de uma experiência privada em experiência exemplar.

Giuseppe Tomasi às vezes se declarava ateu, mas não estava convencido de que tudo terminasse cá embaixo. Os dados sensíveis eram escritos no livro da história e, enquanto a espécie humana durasse, eles testemunhariam além da morte nossa natureza, transitória, e nossas emoções, perenes. A história das alegrias e das tristezas, a história dos desejos, aquela trama das emoções,

* Thomas Robert Bugeaud, marechal da França, foi nomeado governador da Argélia em 1840. A verdadeira Mademoiselle Dombreuil fora governanta e professora de língua e literatura francesa de Giuseppe Tomasi adolescente, por volta de 1910.

emergem constantemente na literatura contemporânea; os dados sensíveis são sua estrutura de sustentação, indeléveis e isolados da realidade. A resistência de Tomasi di Lampedusa, há mais de cinquenta anos da publicação de *O Leopardo*, provavelmente nasceu daquilo que Olga Ragusa reconheceu como a capacidade do romance de gerar outros romances.* A literatura, há cerca de um século, tentou elidir a certeza de um mundo moldado nas abscissas e ordenadas (o tempo e o espaço). O moderno tende a recuperar o órfico e o mito antigo. Segundo Platão, os artistas souberam ilustrar a especificidade da natureza humana alinhando-se com as Bacantes: "Sócrates: Por esses motivos o deus, fazendo-os enlouquecer, usa esses vates e profetas divinos como ministros, para que nós, ouvintes, possamos compreender que não são eles, nos quais não há sentido, aqueles que compõem versos tão valiosos, mas é o próprio deus que fala e por meio desses poetas nos faz ouvir sua voz".**

G. L. T.

* Olga Ragusa, "Stendhal, Tomasi di Lampedusa and the Novel", em *Narrative and Drama: Essays in Modern Italian Literature from Verga to Pasolini*, The Hague, 1976; "Comparative Perspectives on Tomasi di Lampedusa: From Louis Aragon to David Gilmour", *Forum Italicum*, v. 26, pp. 201-7, 1992; "Vita postuma del 'Gattopardo': Recuperi, commenti e singolarità", *L'anello che Non Tiene, Journal of Modern Italian Literature*, primavera-outono 2001-2002, especialmente pp. 56-7.
** Platão, *Ione*.

Introdução

As recordações da infância consistem, para todos, creio, numa série de impressões visuais, muitas das quais claríssimas porém destituídas de qualquer nexo cronológico.

Fazer uma "crônica" da própria infância é, creio, impossível: mesmo utilizando a máxima boa-fé, acabar-se-ia dando uma impressão falsa, muitas vezes baseada em assustadores anacronismos. Seguirei, portanto, o método de agrupar por temas, tentando dar a mim mesmo uma impressão global mais no espaço do que na sucessão temporal. Falarei dos ambientes de minha infância, das pessoas que a cercaram, dos meus sentimentos cujo desenvolvimento a priori não procurarei seguir.

Poderia prometer não dizer nada que seja falso. Mas não vou dizer tudo. Reservo-me o direito de mentir por omissão.

A não ser que mude de ideia.

Reli nesses dias (meados de junho de 1955) *Henry Brulard*.* Não o lia desde o distante 1922. Vê-se que então eu ainda me encontrava sob a obsessão do "belo explícito" e do "interesse subjetivo", e lembro que não gostei do livro.

Agora não posso discordar de quem o julga a obra-prima de Stendhal. Há uma imediatez de sensações, uma evidente sinceridade, um admirável esforço para eliminar as camadas sucessivas das recordações e atingir o fundo. E que lucidez de estilo! E que quantidade de impressões tão mais preciosas quanto mais comuns!

Gostaria de tentar fazer o mesmo. Parece-me até uma obrigação. Quando nos encontramos no declínio da vida, é imperativo tentar reunir o máximo possível das sensações que atravessaram este nosso organismo. Poucos conseguirão fazer assim uma obra-prima (Rousseau, Stendhal, Proust), mas a todos deveria ser possível preservar, dessa maneira, algo que sem esse ligeiro esforço estaria perdido para sempre. Ter um diário ou escrever em certa idade as próprias memórias deveria ser um dever "imposto pelo Estado": o material que se acumularia após três ou quatro gerações teria um valor inestimável: muitos problemas psicológicos e históricos que afligem a humanidade seriam resolvidos. Não existem memórias, por mais que sejam escritas por personagens insignificantes, que não encerrem valores sociais e pitorescos de excelência.

O interesse extraordinário que os romances de De Foe despertam consiste no fato de que são quase diários, geniais embora apócrifos. Imaginem só o que seriam os genuínos? Imaginem o que seria o diário de uma cafetina parisiense da Régence ou as lembranças do camareiro de Byron durante a época veneziana?

* Stendhal, *Vida de Henry Brulard*, romance autobiográfico incompleto (1835-36).

Tentarei aderir o mais possível ao método de Henry Brulard, *até mesmo ao desenhar as "plantas" das cenas principais.**

Mas não posso concordar com Stendhal sobre a "qualidade" da recordação. Ele interpreta sua infância como um tempo em que sofreu tirania e prepotência. Para mim, a infância é um paraíso perdido; todos eram bons comigo, eu era o Rei da casa. Mesmo personagens que depois me foram hostis, na época eram "aux petits soins". — [*As condições econômicas eram muito viçosas: ... porque naquele tempo meus pais estavam alegremente comendo... mas o dinheiro...*] —**

Gostaria de dividir estas "Memórias" em três partes. A primeira, "Infância", levará até minha frequência no Liceu. A segunda, "Juventude", até 1925. A terceira, "Maturidade", até hoje, data na qual considero que inicie a velhice.

* Os trechos em itálico foram apagados no autógrafo. Às vezes pelo autor e, mais frequentemente, pela mulher. Os trechos entre colchetes estão em colchetes no autógrafo e, às vezes, apagados e reconstruídos em transparência. Os acréscimos inéditos ao texto são reproduzidos entre colchetes precedidos de travessão.

** Trecho pouco decifrável na sua integridade, provavelmente apagado pelo autor, no qual o adulto mostra um ressentimento pelas despesas, não correspondentes às entradas, que marcaram o declínio da aristocracia siciliana — e em geral de todas as aristocracias — quando da supressão do fideicomisso. No conceito de vida das classes altas, muitas vezes as despesas, por serem inerentes à classe, eram consideradas incomprimíveis.

As recordações

Uma das mais antigas recordações que me seja possível situar no tempo, porque se refere a um fato historicamente controlável, remonta a 30 de julho de 1900, portanto, ao momento em que eu tinha alguns dias mais do que três anos e meio.

Encontrava-me com minha Mãe* e sua camareira (provavelmente Teresa, a natural de Turim) no toucador. Esse era um cômodo mais comprido que largo, iluminado por duas varandinhas opostas, situadas nos lados estreitos, voltadas uma para o jardinzinho acanhado que separava nossa casa do oratório de Santa Zita, a outra para um pequeno pátio interno. A mesa do toucador, que era em forma de "haricot" com o plano superior em vidro, sob o qual transparecia um tecido rosa, e com as pernas recolhidas numa espécie de saia de renda branca, ficava diante da varanda que dava para o jardinzinho, e sobre ela havia, além das escovas e outros objetos, um grande espelho com moldura,

* Beatrice Mastrogiovanni Tasca Filangeri di Cutò (1870-1946).

também de espelho, decorada com estrelas e outros enfeites de cristal dos quais eu gostava muito.

Era de manhã, por volta das onze horas, creio, e vejo a grande luz de verão entrando pela janela com os batentes abertos, mas as persianas fechadas.

Minha Mãe penteava-se, ajudada pela camareira, e eu não sei o que fazia, sentado no chão no centro do cômodo. Não sei se estava conosco minha babá Elvira, natural de Siena, mas acho que não.

De repente ouvimos uns passos apressados subindo a escadinha interna que fazia a ligação com o apartamento de meu Pai,* que ficava no mezanino inferior, exatamente debaixo de nós, e ele entra sem bater e diz uma frase em tom perturbado. Lembro muito bem a inflexão daquilo que disse, mas não as palavras, nem o sentido delas.

Mas ainda "vejo" o efeito que elas produzem: minha Mãe deixou cair a escova de prata com cabo longo que segurava. Teresa disse "Bon Signour!", e todo o cômodo ficou consternado.

Meu Pai viera anunciar o assassinato do rei Umberto** ocorrido em Monza na noite anterior, de 29 de julho de 1900. Repito que "vejo" todas as estrias de luz e de sombra da varanda, que "ouço" a voz perturbada de meu Pai, o barulho da escova que cai sobre o vidro do toucador, a exclamação piemontesa da boa

* Giulio Tomasi (1868-1934), décimo príncipe de Lampedusa e 11º duque de Palma.

** Umberto I (1844-1900) foi assassinado pelo anarquista Gaetano Bresci. O rei sobrevivera a dois atentados anteriores, um em 1878 e outro em 1897.

Uno dei più vecchi ricordi che mi sia possibile di precisare nel tempo, perché si riferisce a un fatto storicamente controllabile, risale al 30 luglio 1900, quindi al momento in cui avevo qualche giorno più di 3 anni e mezzo.

Mi trovavo insieme a mia madre ed alla mia cameriera (probabilmente Teresa, la Novarese) nella stanza di toletta. Era questa una stanza più lunga che larga che prendeva luce da due balconi opposti, situati sui lati stretti, prospicienti l'uno il giardinetto annesso che separava la nostra casa dall'Oratorio di S. Vito, l'altro su un cortiletto interno. La tavola di toletta che era a forma "haricot" ( ) con il piano superiore di vetro sotto il quale traspariva una stoffa rosa, e con le gambe ravvolte in una specie di sottana di merletto bianco, era posta dinanzi al balcone che dava sul giardinetto e su di essa vi era, oltre alle spazzole ed altri oggetti, un grande specchio con cornice anch'essa a specchio decorata con stelle ed altri ornamenti di cristallo che mi piacevano assai.

Era la mattina, verso le 11, credo, e ricordo la grande luce di estate che entrava dalla finestra con i battenti aperti ma le persiane chiuse.

Mia madre si pettinava, aiutata dalla cameriera, ed io non so cosa facessi, seduta per terra nel centro della stanza. Non so se fosse con noi anche la mia bambinaia, Elvira, la senese, ma credo di no.

Ad un tratto sentiamo dei passi affrettati che salgono la scaletta interna che comunicava con l'appartamento di mio padre che si trovava al mezzanino inferiore proprio sotto di noi, ed egli entra senza bussare e dice una frase in tono concitato. Ricordo benissimo l'accento di quello che disse, ma non le parole né il senso di esse.

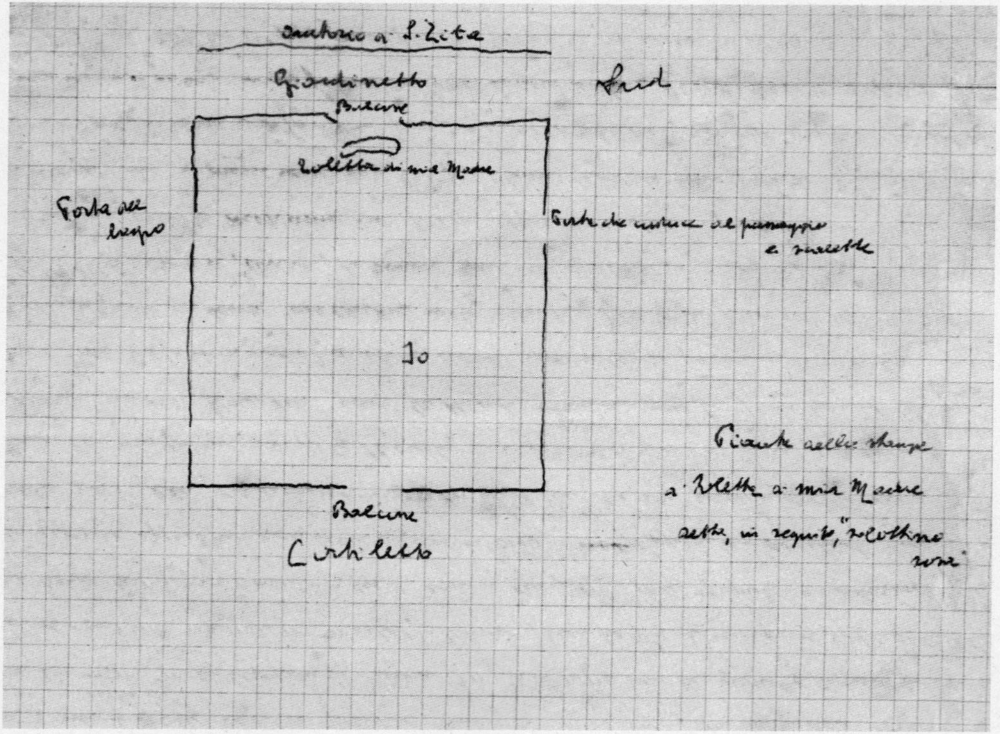
Oratorio di S. Zita
Giardinetto
Sud
Balcone
Toletta di mia Madre
Porta del bagno
Porta che conduce al passaggio
a scalette
Io
Balcone
Cortiletto
Pianta della stanza
a Toletta di mia Madre
detta, in seguito, "toletta
rossa"

Teresa, que "experimento novamente" a sensação de espanto que nos invadiu a todos. Mas tudo isso permanece pessoalmente separado da notícia da morte do Rei. O sentido, por assim dizer, histórico foi-me dito depois, e serve para explicar a persistência da cena em minha memória.

Outra das recordações que posso bem identificar é a do terremoto de Messina (28 de dezembro de 1908). O abalo foi percebido com nitidez em Palermo, mas eu não me recordo dele; creio que não interrompeu meu sono. Porém, "vejo" distintamente o grande relógio de pêndulo inglês de meu avô, que então ficava, incongruamente, no salão de inverno, parado na hora fatal de 5h20, e ouço um de meus tios (acho que Ferdinando, que era louco por relojoaria) explicar-me que havia parado por causa do terremoto da noite anterior. Depois lembro que à noitinha, por volta das sete e meia, encontrava-me na sala de jantar de meus Avós* (muitas vezes eu assistia à refeição deles, porque ocorria antes da minha) quando um tio meu, provavelmente o próprio Ferdinando, entrou com um jornal da tarde que anunciava "Graves estragos e muitas vítimas em Messina por causa do terremoto desta manhã".

*Falo da "sala de jantar de meus Avós", mas deveria dizer de minha Avó, porque meu Avô morrera fazia um ano e um mês.***

Essa recordação é visualmente bem menos viva do que a primeira, mas do ponto de vista da "coisa ocorrida" é bem mais precisa.

* Giuseppe Tomasi (1838-1908), nono príncipe de Lampedusa e décimo duque de Palma, e Stefania Papè e Vanni (1840-1913).

** A recordação não é exata: o avô morrera dois meses antes, em 19 de outubro de 1908.

Alguns dias depois, chegava de Messina meu primo Filippo,* que no terremoto perdera o pai e a mãe. Ele foi hospedar-se na casa de meus primos Piccolo** *junto com um primo dele, Adamo*, e recordo como fui à casa dos Piccolo visitá-lo num dia miserável de chuva invernal. Recordo que tinha consigo uma máquina fotográfica (já então!) que tivera o cuidado de levar com ele fugindo de sua casa na Via della Rovere em ruínas, e como a uma mesa diante de uma janela desenhava umas silhuetas de navios de guerra, discutindo com Casimiro sobre o calibre dos canhões e sobre a posição das torres de comando; atitude, a dele, de distanciamento entre as horríveis desventuras que o atingiram, já então criticada em família mas caridosamente atribuída ao "choque" (na época dizia-se "impressão") sofrido pelo desastre e que se dizia comum a todos os sobreviventes de Messina. Em seguida ela foi mais justamente imputada àquela sua frieza de caráter que se exalta apenas diante de questões técnicas como, exatamente, as fotografias e as torres de comando dos primeiros "dreadnoughts".***

A *propósito do terremoto de Messina*, também recordo a dor de minha Mãe quando, muitos dias depois, chegou a notícia do achado do cadáver de sua irmã menor, Lina, e do cunhado. Vejo minha Mãe soluçar sentada numa grande poltrona do "salão verde" na qual ninguém nunca se sentava (*aquela mesma, porém, em que "vejo" sentada minha bisavó*), recoberta com uma curta manta de "astrakan moiré". *Também recordo* os grandes carros

* Filippo Cianciafara (1892-1982), filho de Francesco Cianciafara e de Lina (Nicoletta) Mastrogiovanni Tasca di Cutò (1872-1908).

** Agata Giovanna Piccolo di Calanovella (1891-1974), Casimiro Piccolo di Calanovella (1894-1970) e Lucio Piccolo di Calanovella (1901-69), filhos de Teresa Tasca Filangeri di Cutò e do barão Giuseppe Piccolo di Calanovella (1866-1928).

*** Cruzadores encouraçados.

militares *que* passavam pelas ruas para recolher roupas e cobertas para os refugiados; um deles passou também pela Via Lampedusa e de um terraço de nossa casa fizeram-me entregar a um soldado, que estava de pé sobre o carro e quase no nível do terraço, duas cobertas de lã. O soldado era de artilharia com o quepe azul filetado de alaranjado; ainda vejo seu rosto rubicundo e ouço como diz, com sotaque emiliano, "Grazzie, ragazzo".* Também recordo como andavam dizendo que os refugiados alojados por toda parte e até nos camarotes dos teatros se comportavam entre eles "de maneira muito indecente" e meu Pai que dizia sorrindo "desejam substituir os mortos" — alusão que eu compreendia muito bem.

De minha tia Lina, morta no terremoto (cujo falecimento abriu a série de mortes trágicas entre as irmãs de minha Mãe, que oferecem a amostra de três gêneros de morte violenta, a desgraça, o homicídio e o suicídio),** não guardo nenhuma clara recordação. Ela vinha raramente a Palermo; no entanto, recordo o marido, que tinha dois olhos muito vivos por trás dos óculos e uma barbicha grisalha e desordenada.

Outro dia ficou bem impresso em minha memória: não posso especificar a data, mas com certeza foi muito anterior ao terremoto de Messina, aliás, creio ter sido após a morte do rei Umberto. Éramos hóspedes dos Florio em sua Villa de Favignana, em pleno verão. Lembro que Erica, a babá, foi me acordar mais cedo que o normal, por volta das sete horas, passou-me depressa uma esponja com água fria no rosto e depois me vestiu com grande

* "Obrigado, menino." (N. T.)

** Lina Mastrogiovanni Tasca Filangeri di Cutò morreu no terremoto de Messina; Giulia Mastrogiovanni Tasca Filangeri di Cutò (1876-1911), esposa de Romualdo Trigona di Sant'Elia, morreu apunhalada pelo amante Vincenzo Paternò del Cugno; Maria Mastrogiovanni Tasca Filangeri di Cutò (1887-1923) suicidou-se.

cuidado. Fui arrastado para baixo, saí por uma portinha lateral que dava para o jardim, e depois mandaram-me subir novamente para a varanda principal de entrada da Villa que dava para o mar, e à qual se chegava por uma escadaria de seis ou sete degraus. Recordo o sol deslumbrante daquela manhã de julho ou agosto. Na varanda, que era protegida do sol por grandes cortinas de tecido alaranjado que o vento do mar inflava e fazia bater como velas (ainda ouço seu estalido), estavam sentadas em cadeiras de vime minha Mãe, a sra. Florio (a "divina beldade" Franca)* e outras pessoas. No centro do grupo encontrava-se sentada uma senhora muito velha, bastante curvada e com um nariz adunco, envolta em véus de viúva que se agitavam furiosamente ao vento. Levaram-me até ela, que disse algumas palavras que não compreendi, curvou-se ainda mais e me deu um beijo na testa (portanto, eu deveria ser muito pequeno, se uma senhora sentada ainda tinha de se curvar para beijar-me *na testa*). Depois de ter sido arrastado dali, levado novamente para o meu quarto, despido de meus trajes de gala, vestido novamente com uma roupa mais modesta e conduzido até a praia, onde já estavam os meninos Florio e outros com os quais, depois de ter tomado banho, permanecemos longamente debaixo do sol bem escaldante a brincar nosso jogo preferido, que era aquele de procurar na areia pedacinhos de coral bem vermelho que ali se encontravam com certa frequência.

À tarde foi-me revelado que a velha senhora era Eugenia, ex-imperatriz dos franceses, cujo "yatch" encontrava-se ancorado diante de Favignana, que ela fora jantar com os Florio na noite

* Franca Florio (1873-1950) era a mais celebrada beldade da belle époque palermitana, e uma personalidade internacional. Era mulher de Ignazio Florio (1869-1957), o herdeiro de uma grande fortuna financeira e industrial. Ignazio Florio e Alessandro Tasca Filangeri di Cutò, irmão de Beatrice Tomasi di Lampedusa, morreram ambos na miséria, hóspedes de Giulia Florio, princesa de Trabia.

anterior (sem que eu, naturalmente, soubesse disso) e que pela manhã fizera uma visita de despedida (naquele horário das sete, infligindo assim, com imperial indiferença, um verdadeiro suplício à minha Mãe e à sra. Florio) e à qual quisera se apresentar os rebentos. A frase que ela disse antes de me beijar parece ter sido: "Quel joli petit!".*

* Em 1980 o abade André Desjardins, um bispo literato residente em Rimouski (Canadá), enviou as obras de Lampedusa a Marguerite Yourcenar, à qual era ligado por uma amizade de vinte anos, depois de ter lhe mandado uma carta [reproduzida nas pp. 36-7] quando a escritora tinha dezenove anos. Yourcenar respondeu com um escrito na edição encadernada de *O Leopardo* (Milão, 1969): *"Que c'est beau, et quel les deux premières 'histoires' sont belles! On n'oublie pas le passage de l'impératrice Eugénie vieillie, et la Sirène est plus vraie que toutes celles de la 'littératura', peut-être à cause du détail assez atroce des poissons mangés vivants. Merci por cette prise de contact — d'ailleurs trop tardive. Oui, je me sens sur bien des points de la famille de Lampedusa. Le malheureux n'a pas été reconnu de son vivant; mais il a évité aussi certains — des embêtements de ce qu'on appelle la gloire... (16 Avril 1990)"* ["Que lindo, e como as duas primeiras 'histórias', são lindas! Não esquecemos a passagem da imperatriz Eugenia velha, e a Sereia é mais verdadeira do que todas aquelas da 'literatura', talvez por causa dos detalhes bastante atrozes dos peixes comidos vivos. Obrigado por esse contato — aliás, muito tardio. Sim, eu me sinto de diversas maneiras parte da família de Lampedusa. O infeliz não foi reconhecido enquanto vivo; mas ele também evitou alguns — dos aborrecimentos daquilo que chamamos a glória... (16 de abril de 1990)"].

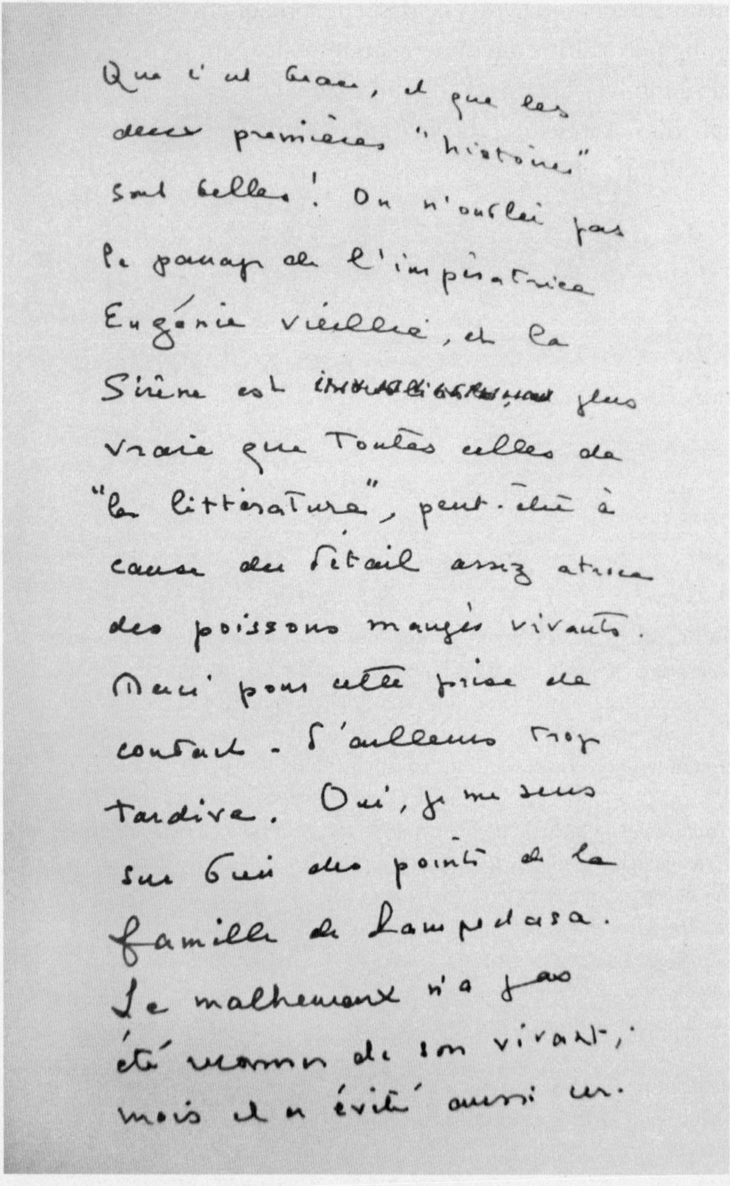

Que c'est beau, et que les deux premières "histoires" sont belles ! On n'oublie pas le passage de l'impératrice Eugénie vieillie, et la Sirène est ~~[illegible]~~ plus vraie que toutes celles de "la littérature", peut-être à cause du détail assez atroce des poissons mangés vivants. Merci pour cette prise de contact - d'ailleurs trop tardive. Oui, je me sens sur bien des points de la famille de Lampedusa. Le malheureux n'a pas été reconnu de son vivant ; mais il a évité aussi ces

tous nos — embêtements
de ce qu'on appelle la gloire.

Bien à vous et sans autre
leçon, pour que vous n'en
ayez pas besoin, et parce
que ce n'est pas à moi de
la donner.

Amicalement,

Marguerite Yourcenar

16 avril 1980

Infância

OS LUGARES

Antes de tudo a nossa casa.* Amava-a com entrega absoluta. E a amo ainda agora, quando ela há doze anos nada mais é que

* O palácio Lampedusa, na Via Lampedusa, em Palermo, fora edificado no final do século XVI por Ottavio d'Aragona Tagliavia, general e almirante de grande valor e experiência que se distinguiu nas guerras mediterrâneas do início do século XVII. Foi o braço militar do duque D'Ossuna, primeiramente vice-rei da Sicília e depois de Nápoles. Deixou D'Ossuna prevendo sua desgraça na corte de Madri. Mas o Conselho da Itália julgou-o réu por traição e ele foi confinado num castelo na Sicília. Em 1622, no tempo de Filipe IV, retirou-se em Palermo no convento dos Capuchinhos. Morreu no ano seguinte. Em 1630 o palácio tornou-se sede de um educandário feminino. Ao longo de um século decaiu, e por volta de 1750 foi adquirido por Ferdinando II Maria Tomasi (1697-1775), quarto príncipe de Lampedusa e quinto duque de Palma. Foi o primeiro Lampedusa a se destacar na capital como homem público (três vezes pretor de Palermo, vigário régio para a pestilência de Messina [1743] etc.). A decoração dos interiores, em estilo rocaille, foi executada na segunda metade do século XVIII e levada adiante com mais sobriedade por seu sucessor Giuseppe Maria (1717-92).

uma recordação. Até poucos meses antes de sua destruição, eu dormia no quarto em que nasci, a quatro metros de distância de onde fora colocada a cama de minha Mãe durante o trabalho de parto. E naquela casa, naquele mesmo quarto, talvez, eu estava feliz por ter certeza de que morreria ali. Todas as outras casas (poucas, aliás, afora os hotéis) foram tetos que serviram para me abrigar da chuva e do sol, mas não CASAS no sentido arcaico e venerável da palavra. *E especialmente aquela que tenho hoje, de que não gosto nem um pouco, que comprei para agradar minha Mulher e que fiquei feliz de registrar em seu nome, porque realmente ela não é a minha casa.*

Será muito doloroso para mim, portanto, reevocar a Desaparecida amada como ela foi até 1929,* em sua integridade e em sua beleza, como ela continuou, afinal, a ser até 5 de abril de 1943, dia em que as bombas trazidas do lado de lá do Atlântico a procuraram e a destruíram.**

A primeira sensação que me ocorre é a da sua vastidão. E

* Os pais do escritor viveram principalmente do dote de Beatrice. E ele foi empenhado na herança judiciária decorrente da morte do astrônomo Giulio Fabrizio (1813-85), oitavo príncipe de Lampedusa e nono duque de Palma. O empréstimo foi devolvido após a Segunda Guerra Mundial, em moeda desvalorizada. Em 1929, o pai de Giuseppe alugou o terceiro andar do palácio para a Companhia de Gás. O imóvel já não era o *hortus conclusus* de antes, mas os salões e os terraços ainda estavam intatos em seu esplendor.

** O fim do palácio reaparece como um atentado à identidade em toda a obra literária de Lampedusa. Além da passagem supracitada, ver *O Leopardo*, op. cit., pp. 222-3: "No teto, os deuses reclinados em assentos de ouro olhavam para baixo sorridentes e inexoráveis como o céu de verão. Acreditavam-se eternos: uma bomba fabricada em 1943 em Pittsburgh, Pensilvânia, devia provar-lhes o contrário". E também no apêndice ao romance, na página 286 da edição do Meridiano Mondadori, Milão, 2002: "Como consequência de uma daquelas brincadeiras criadas pelos bombardeios aéreos que fazem desaparecer objetos preciosos, mas revelam o conteúdo de cubículos esquecidos...". Em "A Sereia", na página 164 da presente edição dos *Contos*: "Depois veio a guerra, e enquanto

essa sensação não se deve ao aumento que a infância faz daquilo que a cerca, mas à realidade efetiva. Quando vi sua área coberta de ruínas repugnantes, sua superfície era de mil e seiscentos metros quadrados. Habitada somente por nós numa das alas, por meus avós paternos em outra, por meus tios solteiros no segundo andar, ela esteve toda à minha disposição durante vinte anos, com seus três pátios, seus quatro terraços, seu jardim, suas escadas imensas, seus ânditos, seus corredores, suas estrebarias, os pequenos mezaninos para o pessoal de serviço e para a Administração, um verdadeiro reino para um garoto sozinho, um reino vazio ou por vezes povoado de figuras todas afetuosas.

Em nenhum ponto da Terra, estou certo disso, o céu já se estendeu tão violentamente azul como em cima do nosso terraço fechado, nunca o sol projetou luzes mais suaves do que aquelas que penetravam através de persianas semicerradas do "salão verde", nunca manchas de umidade sobre os muros externos do pátio apresentaram formas mais excitantes de imaginação do que aquelas de minha casa.

Tudo nela me agrada: a assimetria de suas paredes, a amplidão de seus salões, os estuques de seus tetos, o mau cheiro da cozinha de meus Avós, o perfume de violeta no cômodo do toucador de minha Mãe, o calor sufocante das estrebarias, a boa sensação de couros limpos da selaria, o mistério de certos apartamentos não acabados no segundo andar, o imenso local do galpão onde se guardavam as carruagens; um mundo inteiro, cheio de gentis mistérios, de surpresas sempre renovadas e sempre ternas.

Eu era o dono absoluto daquilo e, correndo, percorria continuamente os vastos espaços, subindo do pátio pela escada "grande" até a "lógia" situada no teto, da qual via-se o mar e Monte

---

eu estava na Marmárica com meio litro de água ao dia, os 'Liberators' destruíram minha casa".

Pellegrino e toda a cidade até a Porta Nuova e Monreale. E como com desvios e reviravoltas eu sabia evitar os quartos ocupados, sentia-me sozinho e ditador, muitas vezes seguido apenas pelo amado Tom, que corria empolgadíssimo atrás de mim, com a língua rosa pendurada para fora do querido focinho preto.

A casa (e quero chamá-la casa e não palácio, nome que foi deturpado, atribuído como é, agora, aos falanstérios de quinze andares) estava entocada numa das ruas mais recônditas da velha Palermo, na Via Lampedusa, nº 17, número carregado de maus presságios mas que, então, servia apenas para acrescentar um saborzinho sinistro à felicidade que ela sabia dispensar. (Quando, mais tarde, as estrebarias foram transformadas em depósitos, pedimos que trocassem o número e ele se tornou 23, estávamos rumando para o fim: o número 17 trazia-lhe sorte.)

A rua era recôndita, mas não muito estreita, e bem pavimentada; e não suja como se poderia acreditar porque, diante de nossa entrada e por todo o comprimento da construção, estendia-se o antigo palácio Pietraperzia, que não possuía nem lojas nem moradias no térreo e que mostrava apenas uma austera mas limpa fachada branca e amarela, como se deve, pontuada por muitas janelas protegidas por enormes grades que lhe conferiam um aspecto digno e triste de velho convento ou de prisão de Estado. (A explosão das bombas, mais tarde, arremessou muitas dessas grades pesadas para dentro de nossos cômodos voltados para a rua, com quais agradáveis efeitos nos estuques antigos e nos lustres de Murano pode-se imaginar.)*

* O palácio Branciforte Pietraperzia remonta ao final do século XVI; dois séculos depois, foi utilizado como casa de penhores com o nome de Monte de Santa Rosalia. Na fachada, diante do palácio Lampedusa, apresenta um frontão de grandes grades de ferro batido, descritas com a *wicked joke* dos efeitos que provocaram nos estuques setecentistas do palácio Lampedusa, quando as bombas de abril de 1943 arremessaram-nas do outro lado da rua. No século

Mas se a Via Lampedusa, ao menos por toda a extensão de nossa casa, era decente, não eram assim as ruas de acesso: a Via Bara all'Olivella, que conduzia à Piazza Massimo, fervilhava de miséria e de "catodi",* e caminhar por ela era algo triste. Tornou-se um pouco melhor quando foi aberta a Via Roma, mas permaneceu sempre um bom pedaço a percorrer entre sujeira e horrores.

A fachada de nossa casa não tinha nada de arquitetonicamente admirável: era branca com as largas molduragens de abertura de cor amarelo-enxofre, o mais puro estilo siciliano dos séculos XVII e XVIII, enfim. A casa estendia-se na Via Lampedusa por uns sessenta metros e possuía nove grandes sacadas na fachada. Os portões eram dois, quase nos cantos da casa, enormemente largos como se faziam antigamente para permitir às carruagens que virassem para entrar ainda que viessem de ruas estreitas. E, de fato, viravam com facilidade, mesmo as duas parelhas de cavalos que meu Pai guiava com maestria nos dias de corridas a galope no parque da Favorita.

Atravessado o portão pelo qual sempre se entrava, *o primeiro à esquerda olhando para a fachada, quase na esquina da Via Bara e separado do canto da casa somente por um espaço de cerca de dois metros, em que se abria a janela gradeada da portaria, entrava-se num pequeno vestíbulo pavimentado, com as duas paredes laterais de estuque branco apoiadas num degrau baixo. À esquerda havia*

XIX, o Monte passara para a Cassa di Risparmio Vittorio Emanuele e era sede da Fundação Chiazzese, que quando a Cassa di Risparmio foi fundida com o Banco da Sicília (1997), foi unificada com a Fundação Mormino. Hoje, o Monte de Santa Rosalia é sede da Fundação Sicília. O edifício foi redesenhado por Gae Aulenti (2008): uma obra de arquitetura desse nível não era realizada em Palermo desde os tempos de Giuseppe Samonà.

* Termo italianizado do siciliano *catoiu*. Trata-se de uma moradia no nível da rua ou no subsolo; são casebres imundos, sem ar nem luz, como prisões. (N. T.)

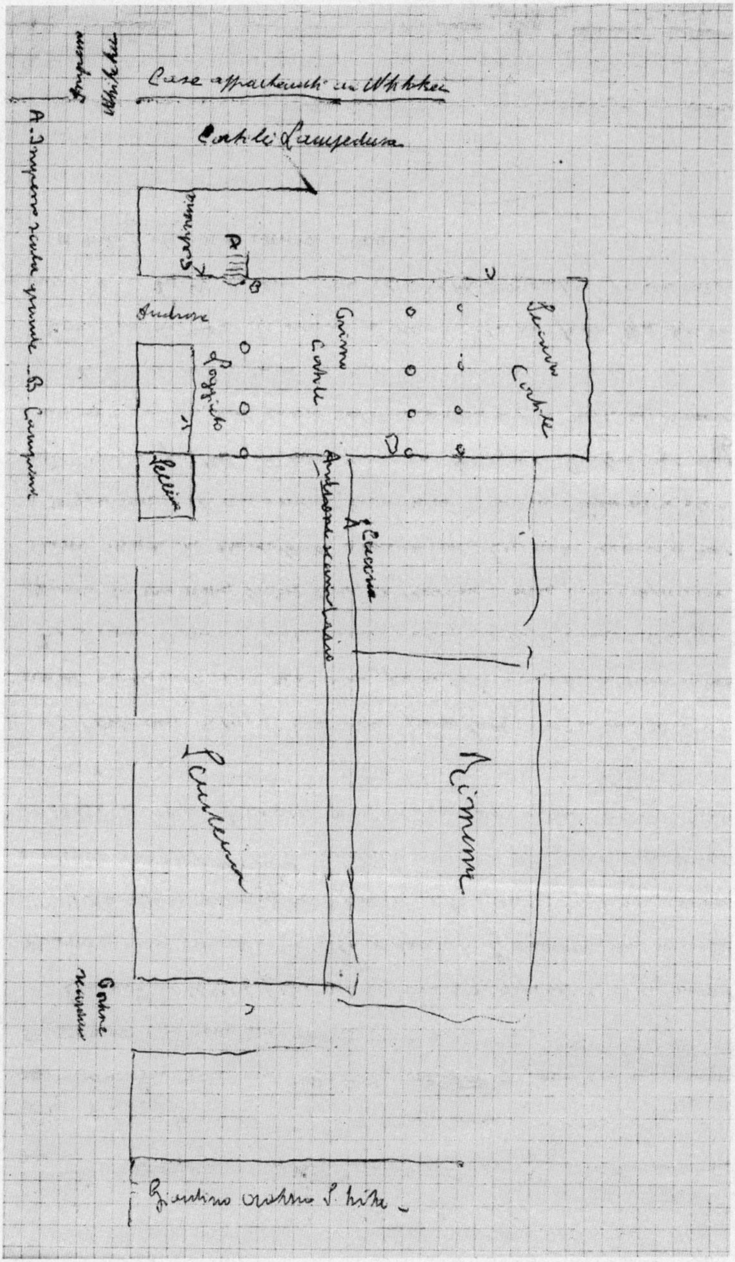

Case appartenenti ai Whitaker
Cortile Lampedusa
Androne
Loggiato
Primo Cortile
Secondo Cortile
Cucina
Selleria
Rimesse
Scuderia
A. Ingresso scala grande – B. Campanile

a guarita do porteiro (à qual, internamente, seguia a sua casa) com a bela porta de mogno em cujo centro havia um vidro opaco com nosso brasão. E logo depois, sempre à esquerda, precedido por dois degraus, o acesso à "escada grande", com sua porta de duas folhas, também de mogno e vidro, mas sem brasões e com o vidro transparente. À direita, finda a parede estucada, bem diante da escada, havia um pórtico com colunas de bela pedra cinza de Billiemi* que sustentavam o "tocchetto" acima. Em frente ao portão, havia o grande pátio calçado com seixos e dividido em gomos por fileiras de pedras. Ele terminava em três grandes arcos, também sustentados por colunas de Billiemi, nas quais se apoiava o terraço que, naquele ponto, unia as duas alas da casa.

Sob o primeiro pórtico, à direita do vestíbulo, havia diversas plantas, principalmente palmeiras, em barris de madeira pintados de verde e no fundo uma estátua de gesso, de não sei qual deus grego, em pé. Também no fundo, e paralela à entrada, havia a porta da selaria.

A "escada grande" era muito bonita, toda em Billiemi cinza, com dois lanços de uns quinze degraus cada um, encaixada entre duas paredes amarelinhas. Onde começava o segundo lanço, havia um amplo patamar alongado com duas portas de mogno, uma diante de cada lanço, *a que dava na primeira saída conduzia aos locais do mezanino adaptados em* Administração *e chamados de "a Contabilidade", a outra numa pequeníssima despensa que os camareiros usavam para trocar a libré.*

Essas duas portas eram adornadas por uma grande moldura também em Billiemi, estilo Império, e sobre cada uma se elevava,

* Um mármore cinza cujas jazidas encontram-se nas terras Lampedusa de proveniência Traina. As colunas de Billiemi eram, não raro, o donativo dos Lampedusa para os edifícios sacros ligados à história da família. Assim é na igreja de San Giuseppe dei Teatini, onde o cardeal Tomasi estudara.

na altura do primeiro andar, uma sacadinha dourada "bombée" em formato de peito de pato, que davam, ambas, para a pequena escada de entrada do apartamento dos Avós.

Esqueci-me de dizer que logo após a entrada da escada, mas na parte exterior do pátio, pendia o cordão vermelho do sino que o porteiro devia tocar para avisar à criadagem que os patrões tinham se recolhido, ou que haviam chegado visitas. O número dos toques de sino, que os porteiros executavam magistralmente, obtendo, não sei como, uns toques secos e separados sem tilintares maçantes, era rigorosamente protocolado: quatro toques para minha Avó, a Princesa, dois para as visitas da Princesa, três para minha Mãe, a Duquesa, um para suas visitas. Porém, aconteciam alguns mal-entendidos, de modo que, às vezes, voltando na mesma carruagem minha Mãe, minha Avó e uma amiga que tinha embarcado com elas na rua, era executado um verdadeiro concerto de 4 + 3 + 2 toques que não acabava mais. Os patrões homens (meu Avô e meu Pai) e meus tios se recolhiam sem que se badalasse para eles.

Terminada a segunda rampa das escadas, desembocava-se no amplo e luminoso "tocchetto", isto é, um pórtico em que os vãos entre as colunas tinham sido preenchidos, por razão de comodidade, por grandes vitrais de losangos opacos. Ali havia poucos móveis: grandes quadros de antepassados e uma grande mesa à esquerda, sobre a qual se deixavam as cartas recebidas (e foi ali que eu li um cartão-postal proveniente de Paris endereçado ao tio Ciccio, no qual alguma sirigaita francesa escrevera: "Dis à Moffo qu'il est un mufle"),* *duas belas arcas*

* "Diga a Moffo que ele é um caipira." Provavelmente Moffo era Vincenzo Sgadari, conhecido justamente como Moffo, tio de Pietro Emanuele Sgadari, barão de Lo Monaco, por sua vez chamado Bebbuzzo, crítico musical, escritor e grande amigo de Lampedusa. Vincenzo casara-se com uma americana,

eseguivano maestosamente, ottenendo, non so come, dei colpi
secchi e separati, senza rintocchi ~~[illegible]~~, erano rigo-
rosamente protocollari: quattro colpi per mia Nonna, la
Principessa, tre per mia Madre, la Duchessa, due per visite della
Principessa, uno per visite di lei ~~della Duchessa~~. Succedevano però
dei malintesi, cosicché essendo talvolta rientrati nella
stessa vettura, mia Madre, mia Nonna e io, che
avevamo fatto una corsa nella strada, veniva eseguito un vero
concerto di 4 + 3 + 2 colpi che non finiva più. I
padroni maschi (mio Nonno e mio Padre) si [illegible] sempre
che per loro si scampanasse.

Terminata la seconda fuga della scala si sboccava nell'ampio
e luminoso "terrazzo" cioè in un porticato i cui vani fra le colonne
erano stati riempiti, per ragioni di comodità, da grandi vetrate
a vetro opaco a losanghe (+). Vi erano vi erano pochi mo-
bili, un grande tavolo a [illegible] nella quale si ponevano
le lettere in arrivo (e fu lì che lessi una cartolina proveniente
da Parigi indirizzata allo [illegible] nella quale una qualche
sgualdrinella francese aveva scritto: "Dis à Moffe qu'il est
un muffle"). Due belle campanule e una statua di gesso
a Pandora nell'atto di aprire la fatale scatola, anch'essa
in piedi. Di fronte, a faccia dello sbocco della scala, vi era
una porta sempre chiusa che immetteva direttamente nel
"salone verde" (porta che molto dopo divenne quella d'ingresso
al nostro appartamento), e a destra nella scala l'ingresso
alla "sala grande", protetta da una porta sempre aperta
di un rosso [illegible] con la parte superiore [illegible] a [illegible]

e uma estátua de gesso de Pandora no ato de abrir a caixa fatal, cercada de plantas. No fundo, à saída da escada, havia uma porta sempre fechada que dava diretamente para o "salão verde" (porta que muito depois se tornou aquela de entrada do nosso apartamento), e à direita da escada a entrada para a "sala grande", protegida por uma porta sempre aberta de cetim vermelho acolchoado, com a parte superior trazendo em cores, no vidro, nosso brasão e aquele Valdina.

A "sala grande" era um ambiente imenso, pavimentado com lajes de mármore branco e cinza, com três sacadas para a Via Lampedusa *e uma para o pátio Lampedusa, prolongamento sem saída da Via Bara. Ela era dividida por um arco, que a dividia em duas partes desiguais: a primeira menor, a outra muito mais ampla*. Para grande desgosto dos meus pais, sua decoração era totalmente moderna, pois em 1848 caíra uma bomba que destruíra o belo teto pintado e danificara irreparavelmente suas pinturas murais. Aliás, parece que por um longo período cresceu ali uma bela figueira. A sala foi reconstruída quando meu Avô se casou, ou seja, em 1866 ou 1867,* e era toda de estuque branco brilhante, com um lambri de mármore cinza. *No centro do teto de cada uma das partes estava pintado um brasão, diante da porta de entrada havia uma grande mesa de nogueira sobre a qual as visitas punham seus chapéus e casacos; além disso, havia alguns arquibancos e umas cadeiras de braços.* Era nessa sala grande que ficavam os camareiros, vadiando em suas cadeiras e prontos a se apressarem para o "tocchetto" ao toque do famoso sino.

Entrando pela porta de tecido vermelho da qual falei, se se vi-

---

Lilian Goodsol, e corriam anedotas sobre sua rudeza, disseminadas por, entre outros, seu sobrinho.

* Na verdade, as núpcias foram celebradas em 1869.

rasse em direção à parede da esquerda encontrava-se outra porta, também de tecido, porém verde, que dava para o nosso apartamento; se se virasse à esquerda, era preciso atravessar todo o ambiente até que, à direita, se encontrava um degrau e uma porta que levava ao apartamento dos Avós e começando, precisamente, a partir daquela "saleta" com as duas sacadas que davam para a escada.

Passando a porta de tecido verde, entrava-se na "antecâmara" que possuía seis sobreportas com retratos de antepassados na sacada e nas duas portas, forro de seda cinza, outros quadros e poucos móveis escuros. E o olho penetrava na perspectiva das salas que se estendiam uma após a outra ao longo da fachada. Aqui começava para mim a magia das luzes que numa cidade de sol intenso como Palermo são suculentas e variadas conforme o tempo, até em ruas estreitas. Às vezes elas eram diluídas pelas cortinas de seda diante das sacadas; outras vezes, ao contrário, exaltadas por sua incidência sobre alguma douração de cimalhas ou por algum adamascado amarelo de cadeira de braços que as refletia; às vezes, especialmente no verão, os salões estavam escuros, mas pelas persianas fechadas filtrava a sensação da potência luminosa que havia lá fora; outras vezes, conforme o horário, um único raio penetrava reto e bem delineado como aqueles do Sinai, povoado por miríades de grãozinhos de poeira, e ia exaltar a cor dos tapetes que era uniformemente vermelho-rubi em todas as salas. Um verdadeiro sortilégio de iluminações e de cores que acorrentou minha alma para sempre. Às vezes, em algum velho palácio ou igreja reencontro essa qualidade luminosa que me arrebataria a alma se eu não estivesse pronto a parir alguma "wicked joke".

Após a antecâmara havia a sala chamada dos lambris porque era revestida até meia altura justamente por um lambri de nogueira entalhado, depois ainda a sala "do jantar", com as paredes revestidas de tecido florido alaranjado, tecido que ainda em parte sobrevive como revestimento do atual quarto de minha Mulher. E o salão de baile com o piso esmaltado e tetos nos quais deliciosos arabescos dourados e amarelos emolduravam cenas mitológicas em que, com força rústica e grandes revoadas de panejamentos, amontoavam-se todos os deuses do Olimpo. E depois o boudoir de minha Mãe, que era muito bonito com seu teto todo de flores e ramos de antigos estuques coloridos, cujo desenho era suave e encorpado como uma música mozartiana.

*E depois ainda entrava-se no quarto de minha Mãe, que era muito grande; a parede maior onde ficava o cômodo de canto da casa com uma sacada (a última) que dava para a Via Lampedusa, e uma para o jardim do oratório de Santa Zita.**

As decorações de madeira, de estuque e de pintura desse quarto estavam entre as mais belas da casa.

Da saleta do lambri, indo para a esquerda entrava-se no "salão verde", e deste no "salão amarelo", e deste ainda numa sala que a princípio era a minha "day-nursery", em seguida transformada na saleta "vermelha", a sala em que sempre se ficava, e em seguida ainda, na biblioteca. Esse ambiente tinha, à esquerda (entrando-se do salão amarelo), uma janela para o grande pátio e na mesma parede uma porta de vidro que levava ao terraço. Em ângulo reto com essas aberturas, antes havia uma porta (depois fechada) que dava num pequeno cômodo que fora o banheiro de meu Avô (havia até uma banheira de mármore) e que servia de despejo para meus brinquedos, e outra porta de vidro que levava ao terraço pequeno.

* Ver a planta na página 30.

Mas a "casa" de Palermo então possuía algumas "filiais" no campo que aumentavam seu fascínio. Elas eram quatro: Santa Margherita Belìce,*

* O castelo de Manzil-Sindi era originariamente uma casa rural berbere do século X (o vale do Belìce, de fato, fora colonizado pelos berberes). Quando Frederico II da Suábia decidiu transferir para a Apúlia a comunidade muçulmana da Sicília, esses territórios foram despovoados. O Misilindino, provavelmente pela torre cujos rastros ainda restam no palácio baronial, permaneceu entre os poucos aglomerados urbanos supérstites. O castelo depois foi transformado em baronato pelo rei Martino I, o Jovem, coroado em 1398 em Palermo, como marido de Bianca, filha de Frederico IV, o Simples, último soberano da dinastia aragonesa da Sicília. Em 1433 o baronato foi adquirido pelos Corbera, uma família catalã presente nos exércitos aragoneses desde os tempos de Pedro III de Aragão, o rei da Sicília chamado pelo Parlamento após a revolta das Vésperas. O baronato compreendia onze feudos, por um total de cerca de 6 mil hectares. O sucesso da iniciativa dos Corbera dependia do repovoamento do território, e para isso eram necessários investimentos: não tendo recursos adequados, os Corbera penhoraram as rendas mais de uma vez. Somente em 1572 Antonio Corbera obteve o *ius populandi* de Filipe II. Iniciou a transformação do antigo torreão árabe, atraiu com concessões enfitêuticas alguns camponeses e começou a urbanização do centro habitado. O filho de Antonio, Calcerando, casara-se com Eufrosina de Syracusis. Era jovem, bonita, rica: o vice-rei Marcantonio Colonna, o herói de Lepanto, apaixonou-se por ela e a teve como amante. Quando o barão Antonio expressou suas queixas, sem delongas Colonna mandou prendê-lo por dívidas e pouco depois o barão morreu envenenado. O filho Calcerando, marido de Eufrosina, foi apunhalado em Malta. Um primo dos Corbera, Ottavio Bonetto, conseguiu levar a questão a Filipe II. Este, em 1583, enviou à Sicília um visitador-geral, Gregorio Bravo de Sotomayor, que alinhavou um processo contra Prospero Colonna, magistrado de Messina e primo do vice-rei, contra o capitão de armas Mario Tomasi, o primeiro da estirpe a chegar à Sicília. Marcantonio morreu em Medinaceli em 1584, durante uma viagem para Madri, onde fora convocado pelo rei, talvez envenenado por parte dos Corbera. Seu primo Pompeo, suposto responsável pelo assassinato de Calcerando em Malta, também morreu antes da conclusão do processo. Nas garras de Sotomayor permaneceu apenas Mario Tomasi, que foi condenado à interdição perpétua de cargos públicos.

O capitão de armas não se rendeu e partiu para Madri, onde permaneceu até

1597; por sete anos suplicou a Filipe II que lhe concedesse a revisão do processo e a reintegração dos bens (no primeiro volume do arquivo Tomasi di Lampedusa, intitulado *Escritos de Mario Tomasi primeiro barão de Montechiaro*, estão reunidos todos os documentos do processo Sotomayor, as contestações do deposto barão e as súplicas ao soberano). Enfim, em 1597, o presidente do Conselho da Itália mandou encarcerar Mario numa torre da Plaza Mayor. Ele compreendeu que perdera o jogo, escreveu ao soberano jurando mais uma vez sua inocência e concluiu a missiva pedindo-lhe que solicitasse aos Colonna que enviassem uma galera para levá-lo para a Sicília. Francesca Caro, baronesa de Montechiaro e senhora de Lampedusa, ainda o esperava. Sabemos apenas que gerou dois gêmeos, Ferdinando e Mario. Nada mais, nem sequer a data de sua morte.

Os descendentes de Calcerando não conseguiram se reerguer das dívidas e em 1620 o baronato foi adquirido por Elisabetta Corbera, sobrinha de Antonio. Na transação de 1620 com os descendentes de Antonio Corbera, foram-lhe cedidos os feudos de Santa Margherita, Comuni e Gulfi. Transmitiu-os ao marido Giuseppe Filangeri, cadete do ramo Filangeri di San Marco. Os descendentes de Giuseppe e Elisabetta serão os avós maternos de Giuseppe Tomasi.

Santa Margherita, assim como a casa de Palermo, representava a felicidade do filho único e adorado. Muitos topônimos, incluído o de Donnafugata, remontam a denominações presentes no baronato de Misilindino. Giulio Filoteo Amodei, em sua *História da Sicília* (1557), indica como Donnafugata um moinho às margens do Belìce, mas Giuseppe certamente também sabia dos antecedentes mais obscuros. E que ainda permanecem assim. O verbete sobre Marcantonio Colonna no *Dicionário biográfico dos italianos* desmente o caso entre Colonna e Eufrosina e despeja as torpezas sobre Bonetto. Ainda assim, o crime circula em todas as crônicas que se ocupavam disso até a última década do século XVI. O caso Eufrosina prestava-se às transposições romanescas. A dama, entregue pelo vice-rei à mulher Felice Orsini, volta para Roma com ela e será pedida em casamento por Lelio Massimo. Mas os filhos do velho Massimo pedem para encontrar a nova mãe e a matam a tiros de pistola. O caso fascina os escritores. As execuções dos Cenci na *Chronique italienne* de Stendhal são associadas à dos irmãos Massimo, que haviam assassinado Eufrosina. Recordações e revelações se sobrepõem na mente do menino, que passava boa parte do dia na biblioteca do palácio Filangeri lendo, deitado de bruços, as gestas dos antepassados. Lá formara uma ideia da história como um jogo da sorte e da casualidade. As cortes italianas do Renascimento consideravam realmente, como pensava Lutero, que as leis diziam respeito somente aos outros. Então, em seus lábios, de quando em quando aflorava uma opinião de Balzac:

"*Derrière chaque grande fortune il y a toujours un grand crime*" ["Atrás de cada grande fortuna há sempre um grande crime"].

(Uma vez, falando de Stendhal no hábito das *wicked jokes*, o escritor contou-me deleitado que tinha alguma relação com *Les Cenci*, a *Chronique italienne* de 1837. Após o assassinato de Eufrosina, o papa Aldobrandini, Clemente VII, primeiramente não enfureceu, mas quando o segundogênito do príncipe Massimo, Girolamo, envenenou o irmão para tomar posse de toda a herança paterna, mandou executá-lo [junho de 1599]. Três meses depois foram executados os Cenci: provavelmente o caso Massimo induzira o papa a tender para a repressão. Giuseppe Tomasi decerto não era um homem de escandalizar-se com a violência do absolutismo, mas, ao descrever a penitência do Beato Corbera, a fustigação mística tem os traços da expiação. Mais uma vez, o escritor lia a dialética das paixões segundo esquemas freudianos: o conflito entre o eu e o id, entre eros e tânatos.)

Na época de Alessandro Filangeri I († 1717) foi edificada a sé de Santa Margherita e o palácio foi ampliado. Seu sucessor Alessandro II († 1761) tinha, como se dizia na Sicília, a mania da pedra. Devem-se a ele o Teatro, o Prospecto, os grandes salões do palácio, a Palazzata, a Prefeitura, outras instituições religiosas: um projeto urbanístico de absoluta importância. A ele devem-se também o pavilhão de caça dito La Venarìa e várias obras públicas. Por volta de 1740 a população de Santa Margherita havia duplicado, contava 6526 pessoas e 973 casas. Em Palermo, Alessandro II deu início aos trabalhos do palácio Cutò na Via Maqueda. Um pergaminho marmóreo no alto da escadaria leva o nome do fundador, Alessandro II Filangeri, mas seu busto foi substituído pelo do bispo Giovanni Cirino, parente dos barões Cirino de Nicosia que adquiriram o andar nobre na segunda metade do século XIX. O arquiteto foi identificado como Giovanni Del Frago, outro eclesiástico da grande temporada palermitana, e pode ser que ele seja o responsável também pelas intervenções em Santa Margherita. Aqui Alessandro II implantou ainda o jardim. E seu sucessor Girolamo III Filangeri e Di Giovanni canalizou uma nascente levando a água diretamente para a fonte da Abundância. A nascente canalizada também fornecia água ao bebedouro público, situado na parte externa dos muros do jardim. Giuseppe afirma que o palácio barroco foi construído em 1680. Trata-se, como sempre, de uma recordação oral. Provavelmente a transformação da antiga torre árabe de Misilindino foi iniciada naquele ano, sempre fora o sonho dos Corbera. Mas seus recursos econômicos não eram suficientes, e a residência de Santa Margherita nunca esteve à altura do prestígio da classe. Só com o advento dos Filangeri o palácio baronial foi adequado aos requisitos das novas fundações

(Villa) Bagheria,* (palácio) Torretta,** e (casa de campo) de Reitano.***

---

feudais, e trabalhos adicionais foram levados a cabo pelos proprietários seguintes até a segunda metade do século XIX. Os últimos, aqueles do palácio frequentado pelo menino Giuseppe, foram obra do bisavô materno, Lucio Mastrogiovanni Tasca, marido de Giovanna Filangeri Cutò.

Três textos são particularmente importantes para a história de Santa Margherita e do baronato: Bar. Bartolomeo Giacone, *Del castello arabo "Manzil--Sindi", ovvero Santa Margherita Belìce con Ricordi Storici di Maria Carolina*, Palermo, 1907; *Santa Margherita di Belìce. Dall'origine dell'Agro-Town alla Città Nuova 1610-2010*, Palermo, 2012 (especialmente interessantes as análises econômicas do Agro-Town); Salvatore Scuderi e Giuseppe Scuderi, *Santa Margherita di Belìce nella storia siciliana*, Alcamo, 2003 (com vasta documentação fotográfica e testemunhos orais, estes nem todos confiáveis).

* A Villa Cutò de Bagheria fora edificada entre 1712 e 1716 pelos Naselli Aragona a partir do desenho do crucífero frei Giuseppe Mariani. Em 1803 a vila foi comprada por Alessandro III Filangeri e La Farina. A mãe do escritor, após a perda de Santa Margherita, tentou defender a propriedade para o filho. Há uma fotografia de Giuseppe quando de seu retorno da Primeira Guerra Mundial num salão em estado de abandono avançado. A tentativa de Beatrice não teve êxito, e em 1923 Giuseppe e os outros coproprietários Cutò venderam a vila a uma família de novos e emergentes empresários locais. A vila foi restaurada recentemente pela Prefeitura de Bagheria, que ali organiza manifestações culturais.

** Os feudos de Falconeri e de Torretta faziam parte do rico dote de Rosalia Traina, mulher de Giulio Tomasi, segundo duque de Palma, e sobrinho do bispo de Agrigento Francesco Traina, conhecido pela riqueza e arrogância. Um cartão-postal do início do século XX mostra o palácio e a fonte exatamente como descritos em *Recordações de infância* (ver p. 109). Sucessivamente, em outra imagem, vê-se apenas a fachada do palácio.

*** Reitano é um município de colina, nas proximidades de Mistretta. O feudo pertencia aos Colonna Romano, duques de Reitano. A casa de campo de Reitano aparece algumas vezes nos diários do príncipe Giuseppe Tomasi, avô do escritor. Passara aos Lampedusa como dote de Maria Caterina Colonna Romano, que se casou com Giulio III Maria Tomasi, sexto príncipe de Lampedusa, em 1766. A propriedade não rendia e o avô do escritor anota no seu diário que era extorquido pela máfia agrária. Por meio do casamento, os Lampedusa tentaram fazer que fosse reconhecido como deles, também, o principado de Lascari, na qualidade de parentes mais próximos por via feminina. Mas sem sucesso. Daquele casamento resta a memória numa mesinha de cabecei-

Havia também a casa de Palma* e o castelo de Montechiaro,** mas a esses nunca íamos.

DESTINO DESSAS CASAS

A preferida era Santa Margherita, onde se passavam longos meses, também no inverno. Era uma das mais belas casas de campo que já vi. Construída em 1680,*** por volta de 1810 fora completamente reformada pelo príncipe de Cutò**** por

---

ra luís-dezesseis com o brasão Colonna, um dos poucos móveis supérstites do palácio Lampedusa.

* Palma fora fundada em 1634 por Carlo Tomasi e o irmão gêmeo Giulio. Carlo foi criado duque de Palma em 1638. Em 1640 abandona o cargo e se torna monge teatino. É substituído pelo gêmeo Giulio, chamado de duque santo. Este se casa com Rosalia Traina, que trará Torretta e Falconeri em dote. Giulio transforma o primeiro palácio ducal em mosteiro beneditino, no qual se retiram três de suas filhas, e depois manda edificar um segundo palácio. Na época do escritor, os bens de Palma estavam carregados de subjugações eclesiásticas. Faltavam os motivos econômicos para visitar o feudo distante; e no primeiro pós-guerra eram necessárias cinco horas de viagem para chegar lá, uma hora inteira apenas para os trinta quilômetros do terrível trecho Agrigento-Palma.

** O castelo chiaramontano de Montechiaro ergue-se num penhasco sobre o mar entre Palma e Agrigento. Era um depósito de trigo; o trigo ali armazenado era submetido aos impostos no ato da exportação.

*** Para a história de Santa Margherita, ver nota da p. 50.

**** Niccolò I Filangeri e Filangeri (1760-1839). Segundogênito de Alessandro II Filangeri e La Farina (1740-1806), seguiu a carreira pública e militar do pai Alessandro III, de profissão militar. Alessandro III conseguiu assegurar o desempenho dos austríacos em Lodi (9 abr. 1796). Ferido no conflito, teve sua espada devolvida por Bonaparte e foi enviado a Paris prisioneiro sob palavra. De volta a Nápoles, acompanhou os Bourbon no primeiro exílio na Sicília. Em 1803, Ferdinando I das Duas Sicílias enviou-o para a ilha como lugar-tenente e capitão-geral da Sicília, o primeiro a ostentar esse título, em lugar do de vice-rei. ("Prisioneiro sob palavra": provavelmente, nos sonhos de desejo do jovem Giuseppe Tomasi, grande leitor em Santa Margherita de

ocasião da longuíssima estada de Ferdinando IV e Maria Carolina, obrigados, naqueles anos, a residir na Sicília, enquanto em Nápoles reinava Murat. Em seguida, no entanto, ela não tinha sido abandonada como aconteceu com todas as outras casas sicilianas, mas sempre cuidada, restaurada e enriquecida, também por minha Avó Cutò,* que, tendo vivido até os vinte anos

---

epopeias napoleônicas para a infância, obteve espaço esse gesto glorioso. Na metade dos anos 1950, de fato ele contava aos jovens amigos que, fugindo do campo de prisioneiros de Szombathely, transcorrera um dia em Viena prisioneiro sob palavra [aliás, deixava o gesto ainda mais glorioso, sublinhando que ele não quisera dar sua palavra] com um oficial austríaco seu amigo e vestindo a farda austríaca.)

Niccolò I substituiu, nos feudos, o irmão mais velho Girolamo: este teve tempo de pôr no mundo uma filha, Nicoletta, que se casou com o príncipe Francesco Ruffo di Motta Bagnara, avô de minha avó paterna, Luisa Sarah.

Niccolò foi educado para a carreira militar em Nápoles. Em 1812 lorde William Bentick, embaixador e governador militar na Sicília, entrou em conflito com a rainha Maria Carolina. A rainha era totalmente contrária à Constituição de 1812 desejada por Bentick, chamava o embaixador de "besta feroz" e suspeitava-se que tramasse com Napoleão contra a ocupação inglesa. Foi exilada no palácio real de Ficuzza, sob forte vigilância militar. Conta-se que Niccolò Filangeri, disfarçado de camponês, conseguiu ultrapassar as muralhas e alcançá-la; e também circulara o boato de uma relação amorosa entre os dois. Filangeri convenceu a rainha a partir para Viena. Teria embarcado em Mazara e, durante a espera, teria sido hóspede de Niccolò em Santa Margherita. Maria Carolina chegou em 9 de novembro de 1812, precedida por Ferdinando, e tornou a partir no mês de março seguinte. Por quatro meses, Santa Margherita foi, portanto, sede da corte, com bailes e representações teatrais. Advinda a Restauração, em 1816, Niccolò foi nomeado lugar-tenente geral do Reino por Ferdinando. Será renomeado lugar-tenente geral após os movimentos constitucionalistas de 1820.

* Niccolò I Filangieri di Cutò deixara em testamento à Prefeitura de Santa Margherita os três feudos de Aquila, Ficarazzi e Calcara — aqueles que ficaram para os herdeiros de Antonio Corbera, tendo por eixo o baronato de Misilindino. A última descendente do ramo, Maria Paternò Corbera, não tendo tido filhos do marido Paternò, em 1668 cedeu seus direitos sobre o baronato de Misilindino aos Filangeri Corbera. Com seu testamento, Niccolò I expressava

na França e não tendo herdado a aversão siciliana pela vida no campo, residia ali quase o tempo todo e a deixara em condições up to date (para o Segundo Império, claro, que, porém, não era muito diferente do estado de "comfort" que reinou na Europa até 1914).

A VIAGEM

A fascinação da aventura, do não completamente compreensível que é boa parte da minha lembrança de Santa Margherita, começava com a viagem para lá. Era uma empreitada repleta

---

o desejo de excluir da sucessão do baronato de Misilindino os filhos que Alessandro IV tivera com Teresa Merli Clerici. (Em 1849 morrera Maddalena Barretta, marquesa de Bisagno, primeira mulher de Alessandro, e ele se casou com a Merli Clerici em 9 de janeiro de 1850. Em 14 de agosto nascera a filha Giovanna.) A questão da sucessão de Giovanna nos três feudos deixados por Niccolò I à Prefeitura foi levantada e permaneceu pendente. Após a expedição dos Mil e o plebiscito, o médico mazziniano Giuseppe Montalbano pediu que os três feudos — segundo o decreto ditatorial de Garibaldi, que repartia as terras estatais para os camponeses — fossem devolvidos à Prefeitura de Santa Margherita. Merli Clerici, tutora de Giovanna, resolveu enviar a pupila para a França, de onde retornará sete anos depois para se casar com Lucio Mastrogiovanni Tasca Lanza, conde de Almerita. Em Santa Margherita houve levantes que contrapunham camponeses e mazzinianos aos capatazes e aos locatários dos feudos Filangeri. De fato, a máfia tivera origem entre os empresários agrícolas. A empresa alugava as terras e os capatazes eram a sua milícia armada. Giuseppe Montalbano, muitas vezes ameaçado, foi assassinado em 3 de março de 1862. No dia seguinte estourou uma insurreição que se prolongou por outros dois dias. Na insurreição contaram-se oito mortos entre os chamados subversivos. Primeiramente a Guarda Nacional de Sciacca interveio, em 6 de março chegou um destacamento militar de quatrocentos homens enviados de Palermo. Em 4 e 5 de março de 1863, o Tribunal do Júri de Agrigento condenou dezenove camponeses a trabalhos forçados (de dez a vinte anos). Os assassinos do dr. Montalbano ficaram impunes.

de desconfortos e de atrativos. Naqueles tempos não havia automóveis, por volta de 1905 o único que circulava em Palermo era o "électrique" da velha sra. Giovanna* Florio. Um trem partia da estação Lolli às cinco e dez da manhã. Portanto, era preciso levantar às três e meia. Acordavam-me àquela hora sempre maçante mas que se tornava mais nefasta pelo fato de que era a mesma hora em que me davam o óleo de rícino quando estava com dor de barriga. Camareiros e cozinheiros já tinham partido na véspera. Embarcávamos em dois landaus fechados, no primeiro minha Mãe, meu Pai, a governanta Anna I, digamos, e eu. No segundo Teresa ou Concettina que fosse, a camareira de minha Mãe, Ferrara, o contador que era de Santa Margherita e ia passar as férias com sua família, e Paolo, o camareiro de meu Pai. Creio, também, que um terceiro veículo seguisse, com as bagagens e as cestas para a refeição.

Geralmente era final de junho e nas estradas desertas começava o alvorecer. Através da praça Politeama e Via Dante (que na época chamava-se Via Esposizione) chegava-se à estação Lolli. E ali nos enfiávamos no trem para Trapani; os trens, então, não tinham corredores e, portanto, nem banheiro; e quando eu era muito pequeno, carregavam para mim um penico de uma cerâmica marrom horrorosa, comprado especialmente para isso, e que era jogado pela janela antes de se chegar ao destino. O bilheteiro fazia seu trabalho pendurado no exterior do vagão e, de repente, via-se, do lado de fora, aparecer seu boné adornado de galão e sua mão com luva preta.

Durante horas cruzava-se a bela e tremendamente triste paisagem da Sicília Ocidental; creio que fosse igualzinha ao que encontraram os Mil ao desembarcar para sua missão. Carini, Cinisi, Zucco, Partinico; depois a linha costeava o mar, os

* Giovanna d'Ondes Trigona (1848-1917).

trilhos pareciam apoiados na areia; o sol já ardente nos cozia dentro da caixa de ferro. *Garrafas térmicas não existiam; e* nas estações não se podia esperar nenhum refresco; depois o trem cortava em direção ao interior, entre montanhas pedregosas e campos de trigo colhido, amarelos como as jubas dos leões. Finalmente às onze horas chegava-se a Castelvetrano, que estava longe de ser a cidadezinha graciosa e ambiciosa que é agora; era um burgo lúgubre, com o esgoto a céu aberto e os porcos se pavoneando na alameda principal; e bilhões de moscas. Na estação que já havia seis horas fritava na canícula, nossas carruagens nos aguardavam, eram dois landaus aos quais foram adaptadas umas cortininhas amarelas.

Às onze e meia partia-se novamente: até Partanna, por uma hora a estrada era plana e fácil, atravessando uma bela paisagem cultivada; íamos distinguindo os lugares conhecidos, as duas cabeças de negros de majólica sobre as pilastras de entrada de uma vila, a cruz de ferro que recordava um homicídio; chegando a Partanna, porém, a cena mudava. Apareciam três policiais, um sargento e dois soldados que, a cavalo, e com a nuca protegida por um lenço branco como os soldados de cavalaria do pintor Fattori, deveriam nos acompanhar até Santa Margherita. A estrada tornava-se montanhosa: ao redor desdobrava-se a paisagem desmedida da Sicília feudal, deserta, sem um sopro de ar, oprimida pelo sol de chumbo. Procurava-se uma árvore em cuja sombra fazer a refeição: só havia oliveiras magras que não protegem do sol. Enfim, encontrava-se uma casa de colônia abandonada, semiarruinada, mas com as janelas zelosamente fechadas. Descia-se à sua sombra e comia-se: coisas suculentas, em geral. Um pouco apartados, também os policiais aos quais se mandara o pão, a carne, o doce, as garrafas, comiam alegres já queimados pelo sol meridiano. No final da refeição, o sargento se aproximava, com o copo cheio na mão. "Em nome dos meus soldados, agradeço a Vossas Excelências." E engolia o vinho que devia ter quarenta graus de calor.

Mas um dos soldados ficara em pé, e girava ao redor da casa, circunspecto.

Tornávamos a subir na carruagem. Eram duas horas, a hora realmente atroz do campo siciliano no verão. Ia-se a passo, porque começava a descida em direção ao Belìce. Todos estavam calados e em meio ao bater dos cascos ouvia-se a voz de um policial que cantarolava: "La Spagnola sa amar così". O poeirão se levantava. *Anna I, que também estivera na Índia.**

Depois atravessava-se o Belìce, que era um rio importante para a Sicília, com água até em sua costa, e começava a interminável subida a passo: as sinuosidades sucediam-se eternas na paisagem cor de cal.

Parecia não acabar mais, no entanto acabava: no alto da encosta, os cavalos paravam, tremendo de suor; os policiais apeavam, nós também descíamos para alongar as pernas. E partia-se novamente no trote. Minha Mãe começava a avisar-me: "Agora fique atento, daqui a pouco à esquerda vai ver a Venarìa".** E de fato chegava-se a uma ponte*** e à esquerda finalmente se avistava um pouco de verde, alguns juncos e até mesmo um laranjal. Eram as Dàgali, a primeira propriedade Cutò que se encontrava. E atrás das Dàgali uma colina íngreme, atravessada até o alto por uma longa alameda de ciprestes que levava à Venarìa, pavilhão de caça que nos pertencia.

* Uma espécie de lembrete que depois aparece transferido para *O Leopardo*. Ver mais na "Introdução", segunda nota da p. 19.

** Pavilhão de caça, incluído nas grandes obras que Alessandro II Filangeri e Gravina quis realizar. Fazia parte do feudo Aquila e após a Unificação italiana foi designado ao território da Prefeitura de Montevago.

*** Ponte sobre a estrada provincial Montevago-Partanna, depois da qual iniciava a propriedade Cutò.

Já não estávamos muito distantes. Minha Mãe, impelida por seu amor por Santa Margherita, não ficava mais parada, debruçava-se ora numa porta ora noutra. "Estamos quase em Montevago.* Estamos em casa!" Com efeito atravessava-se Montevago, primeiro núcleo de vida que se encontrava após quatro horas de estrada. Que núcleo o quê! Largas ruas desertas, casas igualmente oprimidas pela pobreza e pelo sol implacável, nenhuma alma viva, alguns porcos, algumas carcaças de gato.

Ultrapassando Montevago, porém, tudo melhorava. A estrada era reta e plana, a paisagem amena. "Eis a vila de Giambalvo! Eis a Nossa Senhora das Graças e seus ciprestes!" Cumprimentava-se com alegria até mesmo o cemitério. Depois a Nossa Senhora de Trapani. "Chegamos! Aí está a ponte."

Eram cinco da tarde. Viajávamos fazia doze horas.

Na ponte estava alinhada a banda municipal que tocava com entusiasmo uma "polka". Nós, embrutecidos, com os cílios brancos de poeira e a garganta seca, nos esforçávamos para sorrir e agradecer. Após um breve percurso pelas ruas, desembocava-se na praça, viam-se as graciosas librés da casa, entrava-se pelo portão: primeiro pátio, saguão, segundo pátio. Tínhamos chegado. Aos pés da escada externa, o grupinho dos "criados" comandados pelo excelente Don Nofrio,** minúsculo sob a barba branca e ladeado pela possante esposa. "Bem-vindos!" "Como estamos contentes de termos chegado!"

* Os feudos de Adrigna, Gipponeri e Serafino, sobre os quais foi erguida Montevago, pertenciam ao baronato de Misilindino. Foram vendidos em leilão em 1635 para Girolama Xirotta. Em 1641 Rutilio Xirotta mandou edificar a vila e obteve o título de príncipe de Montevago. O nome deriva da beleza paisagística do assentamento.

** Don Onofrio Rotolo, administrador dos Filangeri em Santa Margherita, nascido em 1843, permaneceu a serviço da família de 1870 até sua morte, em 1912.

Lá em cima, numa sala, Don Nofrio mandara preparar limonada com gelo picado, péssima mas que era mesmo assim uma bênção. Eu era arrastado por Anna para o meu quarto lá em cima e imerso, relutante, num banho morno que Don Nofrio, o irrepreensível, pensara em mandar preparar, enquanto meus infelizes pais enfrentavam a onda de conhecidos que começavam a chegar.

A CASA

Situada no centro do povoado, exatamente na praça sombreada, estendia-se por uma extensão imensa que contava com trezentos cômodos, entre grandes e pequenos. Ela dava a ideia de uma espécie de conjunto fechado e autossuficiente, de uma espécie de Vaticano, para esclarecer, que incluía apartamentos de representação, salas de estar, alojamento para trinta pessoas, quartos para os criados, três imensos pátios, estrebarias e garagens, teatro e igreja privativos, um jardim enorme e belíssimo e uma grande horta.

E que salas! O príncipe Niccolò tivera o bom gosto, quase único em sua época, de não estragar os salões setecentistas. No grande apartamento cada porta era emoldurada dos dois lados por criativos frisos setecentistas em mármores cinza, preto e vermelho que, com suas harmoniosíssimas dissimetrias, tocavam uma alegre fanfarra a cada passagem de um salão ao outro. Do segundo pátio uma ampla escada com balaustrada de mármore verde, com uma só saída, levava a um terraço em que se abria a porta de entrada encimada pela cruz com sininhos.

Por ela entrava-se na colossal antecâmara inteiramente recoberta por duas filas sobrepostas de quadros representando os Filangeri desde 1080 ao pai de minha Avó, todas figuras de pé, em tamanho natural, nos mais variados trajes, daquele de cruzado ao de "gentiluomo di camera"* de Ferdinando II, quadros que, apesar da extrema mediocridade de sua execução, preenchiam a sala sem fim com uma presença viva e familiar. Abaixo de cada um, em letras brancas sobre uma cártula preta, estavam escritos os nomes, os títulos e os acontecimentos da vida deles: "Riccardo defendeu Antióquia contra os infiéis"; "Raimondo, perito na defesa de Acri"; outro Riccardo, "principal instigador da revolta siciliana" (isto é, das Vésperas sicilianas); Niccolò I "guiou dois regimentos de hussardos contra as hordas gálicas em 1796".**

* Literalmente, "fidalgo de câmara". Era um título muito importante no Reino das Duas Sicílias, reservado a nobres dignitários da corte napolitana. Quem o recebia tornava-se um estreito colaborador do soberano, com encargos especiais. (N. T.)

** Riccardo Filangeri (1195-1254/63). Plenipotenciário de Frederico II na época da Sexta Cruzada, permaneceu na Terra Santa até 1242. Opôs-se aos barões francos que se recusavam a adotar a Constituição imperial. Derrotado em Tiro, voltou para a Itália, onde foi detido. Primeiramente mudando para a facção guelfa, aproximou-se mais de uma vez dos gibelinos na época do rei Manfredi. É considerado um dos grandes protagonistas do reino suábio de Frederico II. O assédio e a queda de San Giovanni d'Acri em 1291 puseram fim ao reino de Jerusalém. Desse Raimondo Filangeri, perito na defesa de Acri, não se encontra nenhuma comprovação exata.

O outro Riccardo, ativo na época das Vésperas sicilianas (1282), poderia ser o filho do Riccardo anterior. Junto com Galvano Lancia, cunhado de Manfredi, foi testemunha do ato matrimonial de Costanza, filha de Manfredi, com Pedro de Aragão. Casamento do qual depende a pretensão dos aragoneses de sucessão ao trono siciliano.

Quanto a Niccolò I, provavelmente a referência é ao pai Alessandro III e ao seu glorioso assalto na batalha de Lodi. O assalto salvou os austríacos do aniquilamento e Filangieri foi louvado pelo próprio Napoleão e por todas as cortes europeias.

A coleção de retratos que se disseminou ao longo dos séculos XVII e XVIII para cada instituição permanente — papas, reis, abades, feudatários — é um hábito que se produziu na onda das biografias ilustradas de Paolo Giovio. Lampedusa cita de cor e sem pretensão de certeza. Quatro desses retratos

Acima de cada uma das portas ou janelas, havia as plantas panorâmicas dos "feudos", na época quase todos ainda estavam lá. Nos quatro cantos, quatro estátuas de bronze de guerreiros em armaduras — concessão ao gosto do tempo — seguravam no alto um simples candeeiro. No teto, Júpiter envolto numa nuvem púrpura, abençoava no embarque Angerio,* que se preparava na Normandia natal para zarpar em direção à Sicília; e Tritões e Ninfas marinhas brincavam ao redor das galés prontas a zarpar no mar de madrepérola. [Capatazes — bonés, fardas, fuzis, lebres]**

No entanto, uma vez ultrapassado esse seu orgulhoso prelúdio, a casa era toda graça e dengos, ou, melhor dizendo, seu orgulho se velava sob a languidez como o de um aristocrata sob a cortesia. Havia a biblioteca fechada em armários daquele saboroso estilo setecentista siciliano chamado "estilo de abadia", semelhante ao veneziano florido, porém mais rude e menos adocicado. Quase todas as obras iluministas em suas encadernações fulvas e douradas: a *Encyclopédie*, Voltaire, Fontenelle, Helvétius, o Voltaire na grande edição de Kehl (se Maria Carolina

---

permaneceram em sua posse. As pinturas, todas realizadas num único bloco, podem ser atribuídas ao início do século XIX e provavelmente foram encomendadas por Niccolò I.

* Angerio († 1104) era um cavaleiro do séquito de Roberto, o Guiscardo (cerca de 1015-85), um dos protagonistas da conquista normanda da Itália meridional e depois da Sicília. Angerio é o fundador da família Filangeri, do latim *filii Angeri*. Um dos filhos de Angerio, Tancredi, estava presente à coroação de Ruggero II (25 dez. 1130) na catedral de Palermo.

** Ver as duas notas da p. 19.

os lia, o que devia pensar?);* depois as *Victoires et conquêtes*,** uma coletânea de boletins napoleônicos e de relatórios de guerra que me deliciavam nas longas tardes de verão, cheias de silêncio enquanto os lia, de bruços, deitado sobre um daqueles desmesurados "poufs" que ocupavam o centro do salão de baile. Em suma, uma biblioteca bizarra se considerarmos que fora formada

* A *Encyclopédie*, publicada entre 1751 e 1772, organizada por Denis Diderot (1713-84) e Jean-Baptiste Le Rond d'Alembert (1717-83), é a obra de referência do Iluminismo francês. A *editio princeps* de François-Marie Arouet, dito Voltaire (1694-1778), foi organizada por Pierre-Augustin Caron de Beaumarchais (1732-99): setenta volumes impressos em Kehl entre 1787 e 1791 e encomendados por reserva. Para a finalidade, o forte de Kehl foi alugado por vinte anos pelo margrave de Baden-Baden.

Bernard Le Bovier de Fontenelle (1657-1757), escritor. Segundo Isaiah Berlin, Fontenelle era o homem mais civilizado de seu tempo e, talvez, de muitos outros. Na *Literatura francesa*, Lampedusa, sempre conflituoso entre o homem de ação, Napoleão, e o *mot d'esprit*, se demora nos traços de argúcia. Cita das *Lettres galantes du chevalier d'Her*: "*Vous dites que les bêtes sont des machines aussi bien que les montres. Mais mettez une machine de chien et une machine de chienne l'une après de l'autre; il en pourra résulter une troisième petite machine; au lieu que deux montres seront l'un après l'autre toute leur vie, sans faire jamais un troisième montre*" ["Vós dizeis que os animais são máquinas assim como os relógios. Mas colocai uma máquina de cachorro e uma máquina de cadela uma após a outra; pode resultar daí uma terceira pequena máquina; enquanto dois relógios serão um após o outro por toda a vida, sem jamais produzir um terceiro relógio"].

Claude-Adrien Helvétius (1715-71). *De l'Esprit* (1758), sua obra mais controversa, foi queimada publicamente: punha em dúvida tanto os princípios religiosos como os civis. Por que Lampedusa o cita expressamente? Como menciona Francesco Orlando, a cientificidade iluminista o aborrecia: "Lampedusa sobrevoou o século XVIII, declarando que escrever sobre aquilo o entediava…", em *Ricordo di Lampedusa*, Milão, 1973.

** *Victoires, conquêtes, désastres, revers et guerres civiles des Français de 1792 à 1815* (redigido pelo general Charles Théodore Beauvais). Um dos livros mais populares no início do século XIX. Teve quase 4 milhões de cópias e várias continuações e acréscimos foram publicados.

por aquele príncipe Niccolò que era reacionário.* Ali também se encontravam coletâneas encadernadas de jornais satíricos do Renascimento, o *Fischietto* e *Lo Spirito Folletto*, algumas belíssimas edições de *Dom Quixote*, de La Fontaine, a história de Napoleão com as preciosas ilustrações de Norvins** (esse livro eu ainda tenho), as obras completas, ou quase, de Zola cujas capas amarelas se afirmavam atrevidas naquele ambiente "mellow", poucos outros romances de baixa categoria; mas também os *Malavoglia**** com dedicatória autografada.

Não sei se até aqui consegui dar a ideia de que eu era um garoto que gostava da solidão, que gostava mais de estar com as coisas do que com as pessoas. Já que era assim, se entenderá facilmente como a vida em Santa Margherita era a ideal para mim. Na vastidão ornada da casa (*doze pessoas em trezentos cômodos*) eu errava como num bosque encantado. Bosque sem dragões escondidos; repleto de alegres maravilhas até mesmo nos nomes jocosos dos cômodos: a "sala dos passarinhos" toda revestida de seda branca rústica e rugosa onde, entre infinitos arabescos de ramos floridos, resplandeciam, justamente, passarinhos multicoloridos pintados à mão; a "sala dos macacos" onde, entre as mesmas árvores tropicais, embalavam-se saguis peludos e maliciosos; as "salas de Ferdinando" que a mim evocavam, antes, a imagem de meu louro e sorridente tio mas que tinham conservado esse nome porque constituíram o apartamento privativo

* Niccolò I Filangeri e Filangeri (1760-1839).

** *Histoire de Napoléon par M. de Norvins*, vignettes par Raffet, Paris, 1841. Jacques Marquet de Montbreton, barão de Norvins (1769-1854). Sua biografia foi publicada pela primeira vez em 1827. A edição que Lampedusa possuía, com gravuras de Raffet, é a do Segundo Império. Denis-Auguste-Marie Raffet (1804-60) foi um dos maiores desenhistas gráficos de seu tempo.

*** O famoso romance de Giovanni Verga (1840-1922), publicado em 1881.

do galhofeiro e cruel Rei Narigão,* como aliás demonstrava o despropositado "lit-bateau" Império, cujo colchão era recoberto por aquela espécie de caixa em marroquim que parece que se usava em lugar da colcha para os leitos reais; marroquim verde densamente ornado com os tríplices lírios de Bourbon dourados e que parecia um enorme livro. As paredes eram revestidas de uma seda de um verde mais claro, em listras verticais, uma brilhante e uma fosca de risquinhos, igualzinha à do "salão verde" da casa de Palermo. A "sala de tapeçaria", *sala* em que se uniu, mais tarde, certa associação sinistra: nela havia oito grandes "succhi d'erbe"** sobre temas extraídos da "Jerusalém Libertada". Num deles, representando o duelo equestre entre Tancredi e Argante, um dos dois cavalos tinha um olhar estranhamente humano que eu depois ligaria ao "House of the Metzengersteins" de Poe.*** Esse "succo d'erba", aliás, ainda é meu.****

Nós ficávamos sempre à noite, estranho dizer, no salão de

* Ferdinando I das Duas Sicílias, na época de sua visita a Santa Margherita (1812-13). Ver terceira nota da p. 54.

** Literalmente, "suco de plantas". Eram chamadas assim as pinturas que imitavam grandes tapeçarias, executadas com tintas de origem vegetal e água sobre tecidos de linho ou seda, sem camada preparatória e sem aglutinantes. Essa moda foi introduzida, provavelmente, através da França pelos pintores que desenhavam cartões para as tapeçarias, a partir da segunda metade do século XVII. Graças à transparência das cores, derivada da escassez de aglutinante e que confere às pinturas realizadas com essa técnica um aspecto de aquarela, os *succhi d'erba* obtiveram bastante sucesso também no século XVIII, especialmente na decoração de tapeçarias, cenografias teatrais e adornos festivos para igrejas e palácios. Muito mais econômicas que as tapeçarias, serviam para substituí-las em várias ocasiões. (N. T.)

*** "Metzengerstein: A Tale in Imitation of the German" foi a primeira novela de Edgar Allan Poe. Publicada em 1832 no *Saturday Courier*, um semanário da Filadélfia.

**** Lampedusa erra na lembrança: o *succo d'erba* que ele possui, representa Ester se preparando para encontrar Assuero.

baile, ambiente central do primeiro andar, que com oito sacadas dava para a praça e com quatro para o primeiro pátio. Lembrava o salão de baile de nossa casa de Palermo. O dourado era a nota dominante do salão. A tapeçaria, porém, era verde-clara, quase inteiramente recoberta de bordados manuais de flores e folhas douradas, e inteiramente de ouro fosco e puríssimo com decorações em ouro brilhante eram as bases de madeira e as portas tão enormes quanto portões de casas. E quando, nas noites de inverno (de fato passamos dois invernos em Santa Margherita, da qual minha Mãe não queria se separar), ficávamos sentados diante da lareira central ao clarão de poucas lâmpadas a petróleo, cuja luz ressaltava, caprichosa, algumas flores da tapeçaria e algumas modinaturas das esquadrias, parecia que estávamos fechados num cofre das fadas. De uma dessas noites posso precisar a data, porque recordo que foram trazidos os jornais anunciando a queda de Port Arthur.*

Essas noites não eram, de resto, sempre restritas apenas à família; aliás, não o eram quase nunca. Minha Mãe tendia a preservar a tradição criada por seus pais de manter relações cordiais com as autoridades locais, e muitos deles almoçavam, em turnos, conosco, e duas vezes por semana todos se reuniam para jogar scopone,** precisamente no salão de baile. Minha Mãe os conhecia desde quando era menina e queria bem a todos; pareciam-me, como talvez não fossem, unanimemente, pessoas boas: ali estava d. Peppino Lomonaco, um palermitano cujas misérrimas condições econômicas tinham obrigado a emigrar para Santa Margherita, onde possuía uma minúscula casa e um ainda mais minúsculo terreno: grande caçador, fora amicíssimo

* A rendição da base russa de Port Arthur aos japoneses aconteceu em 2 de janeiro de 1905.

** Jogo de cartas em que se utiliza o baralho espanhol ou siciliano. (N. T.)

de meu Avô e gozava de um tratamento de benevolência particular: acho que tomava café da manhã todo dia conosco e era o único a tratar minha Mãe por "tu", a qual retribuía com um respeitoso "senhor"; era um velhinho ereto, enxuto, de olhos azul-claros e longos bigodes brancos que iam até o queixo, muito distinto e também elegante nos seus trajes puídos de corte fino; agora tenho a suspeita de que fosse um bastardo da casa Cutò,* um tio de minha Mãe, em poucas palavras; tocava piano e contava maravilhas das caçadas feitas entre o mato e os bosques junto com meu Avô, da prodigiosa perspicácia de suas cadelas (Diana e Furetta) e de receosos mas sempre inócuos encontros com os bandos dos malfeitores Leone e Capraro;** ali estava Nenè Giaccone, grande latifundiário do lugar, de cavanhaque vermelho-fogo e de vivacidade incurável, que era considerado o grande "viveur" do povoado, pois todo ano passava dois meses em Palermo, hospedado no Hotel Milano, que ficava na Via Emerico Amari, ao lado do Teatro Politeama, e que era considerado "fast".

Ali estava o cavalheiro Mario Rossi, homenzinho de barbicha negra, antigo oficial postal que falava sempre de Frascati ("A senhora compreende, Duquesa, Frascati é quase Roma"), onde estivera alguns meses em serviço; ali estava Ciccio Neve,

* Sobre os bastardos do príncipe Alessandro IV fabulava-se. Após o casamento com Merli Clerici, Alessandro reconheceu dois filhos naturais — Nicola e Margherita — tidos com a segunda mulher. Mas nada impede que tivesse tido filhos também com outras mulheres e que eles vivessem em Santa Margherita.

** O malfeitor Vincenzo Capraro fora ativo no território de Sciacca e Menfi. Era um bandido bom. Às vezes ajudava os pobres, e às vezes devolvia o butim. A tradição romântica tivera um antecessor análogo em Fra Diavolo e no exército da Santa Fede. E a tradição prosseguirá com o bandido Giuliano e a máfia "boa". Capraro foi denunciado em 1868 e assassinado em 1873. Ver Salvatore Scuderi e Giuseppe Scuderi, *Santa Margherita di Belìce nella storia siciliana*, op. cit., pp. 283-4.

com o grande rosto rubicundo e costeletas à moda de Francisco José, que vivia com uma irmã louca (quando se conhece bem um povoado siciliano, acaba-se descobrindo inúmeros loucos); Catania, o professor da escola com uma barba mosaica; Montalbano, também ele grande latifundiário, o verdadeiro tipo de "barão do interior", obtuso e grosseiro, pai, acredito, do atual deputado comunista;* Giorgio de Giuseppe, que era o intelectual do grupo, e à noite, passando-se debaixo de suas janelas, ouviam-se os "Noturnos" de Chopin que ele tocava ao piano; o dr. Monteleone, de cavanhaque preto, que estudara em Paris e que falava com frequência da "Rue Monge", onde vivera aventuras extraordinárias; d. Colicchio Terrasa, velhíssimo e quase completamente camponês, com o filho Totò, famoso glutão; e muitos outros que eram vistos mais raramente.

Será notado como se tratava unicamente de homens; as mulheres, as filhas, as irmãs, ficavam em casa, seja porque as mulheres do povoado (em 1905-14) não faziam visitas, seja porque seus maridos, pais e irmãos não as reputassem apresentáveis; a elas minha Mãe e meu Pai faziam visitas uma vez por estação, e à casa de Mario Rossi, cuja mulher era uma Bilella, ilustre por seus méritos gastronômicos, às vezes iam até almoçar; e às vezes

* Giuseppe Montalbano, o médico partidário de Mazzini, após o plebiscito levantou a questão de recuperar, para usos cívicos, os três feudos designados por Niccolò I Filangeri à Prefeitura de Santa Margherita. O resultado do plebiscito de Santa Margherita (21 out. 1860) foi essencialmente conforme ao que Ciccio Tumeo deplora. Votantes 999, favoráveis 993, abstenções 6. Em 1962 Giuseppe Montalbano sofreu várias ameaças e por fim foi assassinado, presume-se que pelos jagunços dos Filangeri (ver quarta nota da p. 54). O parlamentar do PCI, na época de Lampedusa, era neto do médico assassinado, ele também de nome Giuseppe Montalbano (1895-1989). Era filiado ao partido desde 1937. Fora membro da Assembleia Constituinte, vice-secretário da Marinha Mercante nos governos anteriores à chamada *legge truffa* [lei fraude] (1953), deputado e vereador regional.

ela, depois de um complexo sistema de avisos e sinais, mandava, por meio de um rapazote que atravessava a praça a galope debaixo do sol ofuscante, uma imensa sopeira repleta de "zito alla siciliana",* com carne moída, berinjelas e manjericão, que, recordo, era realmente uma iguaria digna de Deuses rústicos e primigênios. O rapazote tinha a ordem precisa de apoiá-la sobre a mesa posta, quando já estávamos sentados, e antes de ir embora mandava: "'A signura raccumanna; 'u cascavaddu".** Injunção talvez sábia mas que nunca foi cumprida.

A essa ausência de mulheres, a única exceção era a de Margherita, a filha de Nenè Giaccone, o "viveur", que fora educada no Sagrado Coração e que era uma bela moça de cabelos vermelho-fogo como os do pai, e que vez por outra aparecia.

A essas relações cordiais com a população, opunham-se as relações tensas com as autoridades; o Prefeito, d. Pietro Giaccone,*** não aparecia e tampouco o pároco, ainda que a casa Cutò tivesse o direito de patronato; a ausência do Prefeito se explica porque o tempo todo havia litígios com a Prefeitura por causa dos "usos cívicos"; ele também era um homem galante e por certo tempo manteve consigo uma rameira que se dizia espanhola, Pepita, a qual arranjara num café-concerto e apreciara (!) e que levava em desfile pelas ruas do lugarejo numa "charrette" puxada por um "pony" cinza. Meu Pai, certo dia em que estava diante do portão, viu o casal passando em sua elegante carruagem; e

* Formato de macarrão longo, tubular, cujo nome deriva da expressão *maccheroni alla zita*, prato tradicionalmente preparado pela noiva para o almoço de casamento. (N. T.)

** "A senhora recomenda: o *caciocavallo*." Esse queijo se funde deliciosamente com a acidez do extrato de tomate, mas a cozinha aristocrática da época — deliberadamente ou não — o ignorava.

*** O prefeito de Santa Margherita de 1902 a 1914 era na verdade o cavaleiro Giuseppe Giaccone.

com o olho infalível que tinha para essas coisas, deu-se conta de que o meão perdera seu garfo e que a roda estava para se soltar, de modo que, embora ele não conhecesse o Cavalheiro-Prefeito e as relações fossem tensas, correu atrás da "charrette" gritando: "Cavalheiro, tenha cuidado, a roda direita está se soltando".

O cavalheiro parou, cumprimentou com o chicote e disse: "Obrigado, vou providenciar". E retomou o caminho sem apear. Vinte metros adiante, a roda de fato foi para o diabo, e o Cavalheiro-Prefeito foi rudemente arremessado no chão junto com Pepita em seu vestido de "chiffon" rosa. Machucaram-se pouco; no dia seguinte apareceram quatro perdizes e um cartão de visita: "O cav. Pietro Giaccone, prefeito de Santa Margherita Belìce, em agradecimento ao bom conselho não ouvido".

Mas esse sintoma de distensão não teve sequência.

[*O último e maior dos três pátios da casa de Santa Margherita era o "pátio das Palmeiras", plantado em toda a volta de altíssimas palmeiras carregadas, naquela estação, de cachos não fecundados de tâmaras. Entrando nele pela passagem que dava acesso pelo segundo pátio, tinha-se, à direita, a linha longa e baixa da edificação das estrebarias, para além das quais havia o picadeiro.*]

No centro do pátio, deixando à direita as estrebarias e o pátio-picadeiro, havia duas altas pilastras em pedra amarela porosa, adornadas de mascarões e floreados que davam acesso às escadarias que desciam para o jardim. Eram escadarias curtas (uma dezena de degraus ao todo), mas em cujo *breve* espaço o arquiteto barroco encontrara um jeito de desafogar uma inspiração endiabrada, alternando degraus altos e baixos, contorcendo as trajetórias das maneiras mais inesperadas, criando patamares supérfluos com nichos e bancos, de maneira a criar em tão pequena altura um sistema de confluências e defluências, bruscas repugnâncias e encontros afetuosos que conferiam à escadaria a atmosfera de uma briga de namorados.* O jardim, como tantos outros na Sicília, era desenhado sobre um plano mais baixo da casa, acredito que com o intuito de que se pudesse usufruir de uma nascente que ali brotava. Era muito grande e na sua complicação de alamedas e aleias perfeitamente regular quando se olhava para ele de uma das janelas da casa. Era todo plantado de azinheiras e araucárias, com as alamedas ladeadas de sebes de murta e no furor do verão, quando a nascente diminuía seu jorro, era um paraíso de perfumes requeimados de orégano e de gatária, como o são tantos jardins da Sicília que parecem feitos mais para o desfrute do nariz que do olho.

A longa alameda que o cercava nos quatro lados era a única reta em todo o jardim, porque no restante o desenhista (que por sua inspiração bizarra havia de ser o mesmo arquiteto da escadaria) multiplicara as reviravoltas, os meandros e os corredores, contribuindo para conferir-lhe aquele tom de gracioso mistério que a casa inteira possuía. Todas essas vias laterais, porém, acabavam desembocando sempre no grande largo central, aquele onde fora descoberta a nascente que agora, encerrada em ornada prisão, alegrava com seus esguichos a vasta fonte no centro da qual, sobre uma ilhota de ruínas artificiais, a deusa Abundância, cabeluda e desalinhada, derramava torrentes de água na bacia profunda e percorrida por ondas amigáveis. Uma balaustrada a cingia, encimada aqui e acolá por Tritões e Nereidas esculpidos no instante do desejado mergulho com movimentos desordenados em cada uma das estátuas, mas ce-

* A escadaria do palácio Filangeri di Cutò em Palermo (1760) apresenta os mesmos movimentos sedutores, com duas enormes volutas de estuque "que se quebram como ondas contra as pilastras da lógia". Ver Donald Garstang, *Giacomo Serpotta e gli stuccatori di Palermo*, Palermo, 1991. O arquiteto dessa escadaria é Giovanni Del Frago. É provável que Alessandro II tivesse entregado a ele também a transformação de Santa Margherita.

nicamente amalgamados no conjunto. Ao redor de todo o largo da fonte havia bancos de pedra, enegrecidos e emplastados por mofos seculares *que emaranhados de folhagens protegiam dos ventos e do sol.*

Mas o jardim era repleto de surpresas para uma criança. Num canto havia uma grande estufa, cheia de cactáceas e de arbustos raros, o reino de Nino, jardineiro-chefe e meu grande amigo, ele também de cabelos ruivos como tantos margaritanos, talvez sob o influxo dos Filangeri normandos. Havia o pequeno bosque de bambus que cresciam densos e robustos ao redor de uma fonte secundária, a cuja sombra havia a clareira para as brincadeiras, com o balanço, do qual Pietro Scalea,* que mais tarde foi ministro da Guerra, caiu e quebrou o braço, muito antes de minha época. Numa das alamedas laterais, incrustada no muro, havia uma vasta gaiola outrora destinada a alguns macacos, onde minha prima Clementina Trigona** e eu nos trancamos um dia, exatamente um domingo de manhã quando o jardim estava aberto para os habitantes do povoado, que pararam atônitos e mudos para contemplar, incertos, esses macacos vestidos. Havia a "casa de bonecas" que fora construída para as brincadeiras de minha Mãe e de suas quatro irmãs, em tijolos vermelhos com as molduras das janelas em pedra serena, que agora, com o teto arrebentado e os pisos dos andares desmoronados, era o único canto desconsolado no grande jardim de que Nino, no restante, cuidava de maneira admirá-

* Pietro Lanza di Scalea (1863-1938), homem político da direita e por fim fascista. Ministro da Guerra no governo Facta (1922), após a Marcha sobre Roma apresentou-se na lista fascista para as eleições de 1924; foi eleito e nomeado ministro das Colônias no primeiro gabinete Mussolini.

** Ver nota da p. 98.

vel, com todas as árvores bem podadas, cada alameda coberta de areia amarela, cada pequena sebe em ordem.

A cada duas semanas, subia do vizinho Belìce uma carroça com um grande barril cheio de enguias que eram descarregadas na fonte secundária (a dos bambus), a qual servia de viveiro e onde o cozinheiro mandava pescá-las com pequenas redes, conforme as necessidades da cozinha.

Onde quer que fosse, nos cantos das alamedas erguiam-se bustos de deuses obscuros regularmente destituídos de nariz, e como em todo Éden que se respeite, havia uma serpente escondida na sombra, sob a forma de alguns arbustos de rícino (de resto belíssimos com suas folhas verdes, alongadas, bordadas de vermelho) que um dia me provocaram uma amarga surpresa quando, amassando as bagas de um belo cachinho vermelho, senti espalhar-se o cheiro daquele óleo que naquela época feliz era a única e verdadeira sombra de minha vida. Fiz Tom, o bem-amado que me seguia, cheirar minha mão untada e ainda vejo o jeito gentil e cheio de reprovação com que ele ergueu metade de seu lábio negro, como fazem os cães bem-educados quando querem mostrar seu desgosto mas sem ofender os donos.

Jardim, eu disse, repleto de surpresas. Mas toda Santa Margherita o era: *nunca vi uma casa como aquela:* repleta de ledas armadilhas. Abria-se uma porta num corredor e entrevia-se uma perspectiva de salas, mergulhadas na penumbra das persianas semicerradas, com as paredes cobertas de gravuras francesas que representavam as campanhas de Bonaparte na Itália; no alto da escada que conduzia ao segundo andar, havia uma porta quase invisível de tão estreita que era, e igual à parede, e atrás dela havia um grande ambiente *comunicante*, repleto de quadros antigos pendurados até o alto da parede, como se vê nas gravuras do Salon de Paris no século XVIII. Um dos quadros de antepassados no hall de entrada era móvel, e ali detrás havia as salas de caça de meu Avô, grande caçador na presença de Deus.* Os troféus guardados em vitrines de cristal eram de nossas terras: perdizes *de patas vermelhas*, galinholas com ar desconsolado, frangos-d'água do Belìce; mas o balcão com as balanças, as prensas, os medidores para preparar os cartuchos, os armários envidraçados cheios de cartuchos multicoloridos, as gravuras coloridas que representavam aventuras mais perigosas (ainda vejo um explorador barbudo vestido de branco que foge gritando diante do ataque de um rinoceronte esverdeado) encantavam o adolescente. Também pendiam das paredes gravuras e fotografias de bracos, pointers e setters que difundiam a calma doçura de cada aspecto canino. E em grandes suportes estavam expostos os fuzis etiquetados com um número que correspondia a um registro no qual estavam contabilizados os disparos dados com cada um. Foi de um desses fuzis, creio que de uma arma para senhora de dois canos ricamente adamascada, que disparei, no jardim, os primeiros e últimos tiros de minha carreira cinegética: um dos capatazes barbudos obrigou-me a disparar contra alguns inocentes pintarroxos; dois, infelizmente, caíram, com um pouco de sangue sobre as tépidas peninhas cinza; e como ainda palpitavam, o capataz esmagou a cabeça deles entre seus dedos.

Apesar de minhas leituras de "Victoires et conquêtes" e "l'épée de l'intrépide général comte Delort rougie du sang des ennemis de l'Empire",** essa cena me causou horror; ao que parece, o sangue me agradava apenas metaforizado em tinta de impressão. Fui dire-

* Citação bíblica, Gênesis 10,9: "Nemrod, grande caçador aos olhos de Deus". Mas talvez recordada com referência ao *Inferno*, XXXI, 74, onde Nembrotto é responsável pela Torre de Babel.

** Barão Jacques-Antoine-Adrien Delort (1773-1846). Lampedusa provavelmente lembra, improvisando, algumas memórias sobre a batalha de Austerlitz ou a campanha da Espanha, onde Delort teve particular distinção.

to até meu Pai, a cujo desejo se devia essa chacina dos Inocentes, e disse que nunca mais atiraria em ninguém.

Dez anos depois precisava matar com um tiro de pistola um bósnio e sabe-se lá quantos outros cristãos com canhonaços. Mas não tive um décimo da impressão que me provocaram aqueles dois míseros pintarroxos.

Havia também o "salão das carruagens", um grande ambiente escuro em que havia duas imensas "carrosses" do século XVIII: uma de gala, toda douramentos e vidros, com as portas nas quais, sobre um fundo amarelo, estavam pintadas algumas pastorais duvidosas em "vernis Martin";* os assentos, para seis pessoas ao menos, eram forrados de "taffetas" *de um amarelinho desbotado*; a outra de viagem, verde-oliva com filetes dourados e o brasão nas portas, *forrada em marroquim verde*. Debaixo dos assentos havia escaninhos acolchoados destinados, creio, às provisões de viagem, nos quais havia apenas um solitário prato de prata.

Depois havia a "cozinha das meninas", com um fogão em miniatura e um conjunto de panelas de cobre proporcional a ele, que minha Avó mandara instalar na vã tentativa de estimular as filhas a aprender a cozinhar.

E finalmente havia a igreja e o teatro com seus ânditos fabulosos para chegar lá, mas deles falarei depois.

Entre tantos esplendores, eu dormia num quarto completamente despojado que dava para o jardim, chamado de "quarto rosa", porque era de fato *pintado* com um estuque brilhante *exatamente na cor da "Maréchale Niel"*;** de um lado havia a sala de banho com uma estranha banheira oval, de cobre, instalada

* Um tipo de esmaltação desenvolvido pelos quatro irmãos Guillaume, Julien, Robert e Etienne-Simon Martin, na época de Luís XV.

** Maréchal Niel é uma variedade de rosa trepadeira, fortemente perfumada,

sobre quatro pés altos de madeira; recordo alguns banhos que me mandavam tomar numa água em que estava dissolvido um pouco de amido, ou de farelo fechado num saquinho de onde saía, quando molhado, uma garoinha leitosa perfumada; "bains de son",* dos quais encontram-se pistas nas memórias do Segundo Império, cujo hábito fora evidentemente transmitido por minha Avó à minha Mãe.

Num quarto contíguo, idêntico ao meu mas azul-claro, dormiram sucessivamente minhas governantas, Anna I e Anna II, alemãs, e Mademoiselle, francesa. Em minha cabeceira pendia uma espécie de vitrine luís-dezesseis, em madeira branca, que continha três estatuetas de marfim, a Sagrada Família, sobre um fundo creme. Essa vitrine se salvou milagrosamente e pende hoje na cabeceira da cama em que durmo na vila dos meus primos Piccolo em Capo d'Orlando. Nessa vila, aliás, encontro não apenas a "Sagrada Família" de minha infância, mas um rastro abrandado, claro, mas indubitável de minha meninice *em Santa Margherita*, e por isso gosto tanto de ir para lá.

Havia ainda a igreja, que era também a sé de Santa Margherita. Do salão das carruagens, virava-se à esquerda e, subindo um degrau, dava-se num largo corredor que terminava na "sala de estudo", uma espécie de sala escolar com carteiras, quadros-negros, e mapas em relevo onde tinham estudado minha Mãe e minhas tias, quando crianças.

Antes dessa sala havia, à esquerda, duas portas que levavam para três quartos de hospedaria, os mais cobiçados porque davam

---

cuja versão definitiva data da metade do século XIX, na verdade de um tom pálido de amarelo-esverdeado.

* Banho de farelo, com efeito lenitivo sobre peles irritadas.

para o terraço que terminava na escadaria de entrada. À direita do salão das carruagens, por outro lado, entre dois consoles brancos, havia uma grande porta amarela. Por ela entrava-se numa pequena sala alongada, com cadeiras e várias peanhas carregadas de imagens de Santos; recordo um grande prato de cerâmica com a cabeça de São João degolado, tamanho natural, no centro, e o sangue coagulado no fundo. Dessa sala entrava-se na Tribuna, que da altura de um primeiro andar alto se debruçava diretamente sobre o altar-mor, circundada por uma belíssima balaustrada de ferro florido e dourado. Nela havia genuflexórios, cadeiras e inúmeros rosários, e dela, todo domingo às onze horas, assistíamos à missa, cantada sem fervor extremado. A própria igreja era grande e bonita, lembro-me, em estilo Império com afrescos grandes e feios engastados nos estuques brancos do teto, assim como na igreja da Olivella em Palermo,* à qual se assemelhava, mas em miniatura.

Daquele mesmo "salão das carruagens" que, dou-me conta agora, era uma espécie de "plaque tournante"** das partes menos frequentadas da casa, virando à direita, penetrava-se numa série de ânditos, de cubículos, de escadinhas que davam, um pouco, aquela impressão de inextricável que têm certos sonhos, e acabava-se chegando ao corredor do teatro. Esse era um verdadeiro teatro, com duas fileiras de doze camarotes cada, mais uma galeria e, obviamente, a plateia. Com capacidade para ao menos trezentas pessoas. A sala era toda branca e dourada, com as poltronas e os vãos dos camarotes em veludo azul, bastante desbotado.

* Igreja de Sant'Ignazio all'Olivella, com o convento dos padres filipinos, o oratório e o claustro anexos. Ladeava a Via Bara, aquela que Lampedusa descreve como desolada e que conduzia ao palácio Lampedusa. A igreja foi construída na virada de 1600, com projeto de Antonino Muttone. O convento e o claustro hoje são a sede do Museu Salinas.

** Encruzilhada.

O estilo era luís-dezesseis, recatado e elegante. No centro havia o equivalente do camarote real, isto é, nosso camarote encimado por um enorme troféu de madeira dourada contendo a cruz campanulada sobre o peito da águia bicípite. E o pano de boca, mais tardio, representava a defesa de Antióquia por parte de Riccardo Filangeri. (Defesa que, segundo Grousset,* foi muito menos heroica do que o pintor dava a entender.)

A sala era iluminada por lâmpadas a petróleo douradas que ficavam apoiadas em suportes salientes sob a primeira fila de camarotes.

O bom é que esse teatro (que tinha, obviamente, também uma entrada para o público, na praça) estava frequentemente ativo.

De vez em quando chegava uma companhia de comediantes, eram alguns mambembes que, geralmente no verão, se deslocavam em carroças de um povoado a outro, onde ficavam por dois ou três dias fazendo apresentações. Em Santa Margherita, que abrigava um verdadeiro teatro, permaneciam mais tempo, algumas semanas.

Às dez horas da manhã o chefe da companhia apresentava-se em sobrecasaca e cartola, a pedir permissão para representar no teatro; era recebido por meu Pai, ou, se ele não estivesse, por minha Mãe, que naturalmente dava a permissão, recusava o preço do aluguel (ou, melhor dizendo, fazia um contrato por um preço fictício de cinquenta centavos pelas duas semanas), e ainda pagava a assinatura de nosso "camarote". Depois disso o comediante ia embora, para retornar meia hora depois e pedir alguns móveis emprestados. Essas companhias viajavam, de fato, com algum cenário de pano pintado, mas sem mobília para a cena, que constituiria uma bagagem demasiado cara e

* René Grousset, *Histoire des Croisades et du Royaume franc de Jérusalem*, Paris, 1934, 3 v.

um estorvo. A mobília era concedida e, à noite, podíamos reconhecer nossas poltronas, nossas mesinhas, nossos cabideiros no palco (sinto dizer que nunca eram os melhores). Pontualmente no momento da partida eles eram devolvidos, às vezes tão mal reenvernizados, que foi preciso implorar às outras companhias que desistissem dessa prática bem-intencionada. Certa ocasião, *pelo que me lembro*, apresentou-se também a primeira atriz, uma boa mulher, encorpada, de trinta anos, nascida em Ferrara, que devia interpretar, na noite de despedida, a *Dama das Camélias*;* ela considerava seu guarda-roupa não adequado para a solenidade da noite e veio pedir alguns vestidos de gala à minha Mãe; e assim viu-se a *Dama das Camélias* num vestido decotadíssimo "vert Nil" coberto de paetês prateados.

Essa atividade das companhias ambulantes nos povoados do interior já desapareceu, e é uma pena. A encenação era o que era, os atores evidentemente eram ruins, mas representavam com comprometimento e com fogo, e a "presença" deles decerto era mais real do que são as pálidas sombras dos filmes de quinta categoria que nesses mesmos povoados se apresentam agora.

Havia espetáculos toda noite: e o repertório era vastíssimo; passava ali todo o drama oitocentista: Scribe, Rovetta, Sardou, Giacometti e também Torelli.** Certa vez foi até apresentado o *Hamlet*; aliás, foi a primeira vez que ouvi falar dele. E o público,

* *La Dame aux camélias*, drama em cinco atos de Alexandre Dumas Filho, ed. rev., Paris, 1868. O drama derivara de uma novela publicada em 1848, essencialmente autobiográfica, e circulava independentemente do sucesso de *La Traviata*.

** Eugène Scribe (1791-1861), o mais fértil autor de teatro e libretista de seu tempo. Seu catálogo conta com mais de quatrocentos títulos.

Gerolamo Rovetta (1851-1910), romancista e dramaturgo. Seus maiores sucessos são o romance *Mater dolorosa* e o drama em quatro atos *Romanticismo*.

composto pelo menos em parte de camponeses, estava atento e era expansivo nos aplausos. Em Santa Margherita, pelo menos, essas companhias faziam bons negócios, com o teatro gratuito, os móveis também e os cavalos de seus carros alojados e alimentados na nossa estrebaria.

Eu ia lá todas as noites, exceto naquela única noite da estação chamada de "noite negra", na qual se representava alguma "pochade"* francesa, considerada indecente. No dia seguinte nossos amigos do povoado vinham fazer um relatório sobre aquela representação libertina e, em geral, estavam bem decepcionados, porque esperavam indecências maiores.

Eu me divertia muito com isso, e meus pais também; e às melhores companhias, no final do período, era oferecida no jardim uma espécie de "garden party", com um "buffet" rústico

---

Victorien Sardou (1831-1908), o maior autor de dramas truculentos do final do século. Trabalhou com Sarah Bernhardt (*Tosca*) e Eleonora Duse.

Paolo Giacometti (1816-82). Passa do drama histórico patriótico (*Carlo II Re d'Inghilterra*) àquele da libertação dos tabus burgueses (*La morte civile*). É um nome ilustre devido ao advento do teatro das vedetes.

Achille Torelli (1841-1922) é um autor de menor sucesso em relação aos anteriores.

Como observa Francesco Orlando, em alguns períodos de sua vida Lampedusa lera diligentemente a produção italiana do século XIX. Não que fosse entusiasta dessa produção, mas a conhecia. É verossímil que o traço *mélo* (no sentido deplorável da palavra) tanto da narrativa como do teatro italiano da época suscitasse sua aversão. Se não se suportam *Tosca* ou *Fedora*, é difícil pedir vênia para seus antecedentes teatrais. Foi preciso esperar o filme *Senso* [*Sentimento*] de Luchino Visconti para uma liberação do nosso século XIX da epopeia dos plebiscitos.

* A *pochade* é um tipo de comédia parisiense da segunda metade do século XIX, de fundo erótico e com piadas. Como no caso da "salada russa", o termo não era comum no país de origem; na metade do século XIX o termo corrente era *vaudeville*.

porém abundante, que alegrava os estômagos, na maioria das vezes vazios, receio, daqueles excelentes mambembes.

Mas já no último ano em que estive por mais tempo em Santa Margherita, em 1921, companhias de comediantes não vieram mais, e em vez disso projetavam-se alguns "films" tremulantes. A guerra havia matado, entre outros, também essa pitoresca miséria das companhias ambulantes, que possuíam a própria utilidade artística e que tenho a impressão de que foram o celeiro de muitos dos grandes atores italianos do século XIX, entre outros a Duse.

Percebo, porém, que esqueci de falar da sala de jantar de Santa Margherita, a qual era singular por inúmeras razões. Antes de tudo, era singular porque existia: creio que fosse muito raro existir numa casa do século XVIII um ambiente expressamente destinado a sala de jantar; comia-se, então, numa sala qualquer, mudando sempre, como aliás eu faço agora.

Em Santa Margherita, no entanto, existia. Não muito grande, podia acomodar confortavelmente apenas uns vinte comensais, tinha duas sacadas que davam para o segundo pátio. *Chegava-se ali por três portas; a principal que levava à "galeria dos quadros"* (*não aquela da qual falei*), *uma que fazia a ligação com as "salas de caça" e a terceira que conduzia ao "office", onde ficava o elevador de cordas que o punha em comunicação com a cozinha no andar de baixo.* Essas portas eram brancas, luís-dezesseis, com uns painéis grandes em cujo interior havia ornamentos em relevo aplicados, dourados, de um ouro esverdeado e fosco.

Do teto pendia um lustre de Murano em "lucerna",* sobre cujo vidro acinzentado destacava-se o tênue colorido das flores.

* Existem algumas fotografias dos interiores de Santa Margherita entre as duas guerras (ver Gioacchino Lanza Tomasi, *I luoghi del Gattopardo*, Palermo, 2001). O lustre representado é um exemplar de Murano de transição entre

O príncipe Alessandro, que decorara essa sala, tivera a ideia de mandar pintar a si mesmo e sua família nas paredes, exatamente enquanto faziam as refeições. Eram grandes quadros sobre tela que recobriam, cada um, uma parede por inteiro, do piso ao teto, com as figuras em tamanho quase natural. Num, via-se o café da manhã: o Príncipe* e a Princesa, ele em traje de caça verde, de botas e com chapéu na cabeça, ela em "deshabillé" branco, mas enfeitada de joias, sentados a uma mesinha absortos em tomar o chocolate, servidos por um escravinho negro com turbante. Ela esticava um biscoito a um braco impaciente, ele elevava até a boca uma grande xícara azul florida. Outro quadro representava o almoço na relva: diversos senhores e senhoras sentados ao redor de uma toalha estendida num prado, sobre a qual estavam majestosas tortas e garrafas empalhadas: ao fundo via-se uma fonte e as árvores eram jovens e baixas; creio que era exatamente o jardim de Santa Margherita, recém-plantado.

O terceiro quadro, maior, representava o jantar de gala, com os cavalheiros de meia peruca encaracoladíssima e as damas nos trinques; a Princesa usava um delicioso vestido de seda rosa "broché"** prateado e no pescoço um "collier de chien" e um

---

o estilo Rezzonico "em gaiola" e o luís-dezesseis: os braços não são de vidro, mas formados por uma série de peças alongadas ou redondas de vidro leitoso, enfiadas numa estrutura de ferro, como nos modelos Rezzonico; o lustre, porém, não é "em gaiola", mas tem uma estrutura de ferro vertical. Sobre a originalidade e a conservação da peça nos anos 1920 não se pode dizer muito. Não raro os lustres de Murano eram constituídos de peças de proveniência diversa. A locução "em candeia" poderia derivar das bolas redondas enfiadas nos braços que, em si, poderiam ser descritas como pequenas candeias a óleo. Ou então — como vi algumas vezes em uso onde não havia corrente elétrica —, sob os lustres de braços, pendurava-se uma lâmpada a petróleo.

* Alessandro II Filangeri e Gravina (1696-1761) e a mulher, Francesca di Giovanni e Morra († 1761).

** O *broché* é um tecido que ao longo da trama principal apresenta outra

grande colar de rubis no peito. Os camareiros, vestindo libré de gala e galões, entravam carregando pratos altos, montados com extraordinária criatividade.

Havia mais dois quadros, mas só me lembro do tema de um deles, porque estava sempre na minha frente: era a merenda das crianças: duas meninas de dez a doze anos, apertadas e empertigadas em seus espartilhos pontudos, empoadas, estavam sentadas defronte a um rapaz de talvez quinze anos, vestindo um traje alaranjado com rebordos pretos, e com espadim, e a uma velha senhora de preto (certamente a governanta), e tomavam grandes sorvetes de um rosa estranho, talvez de canela, que se erguiam em agudíssima ponta de largos cálices de vidro.

Uma das outras estranhezas de Santa Margherita era o centro da mesa de jantar. Ele era <u>fixo</u>: uma grande peça de prataria encimada por um Netuno com tridente que ameaçava as pessoas, enquanto ao lado dele uma Anfitrite* piscava para elas, com certa malícia. Tudo isso sobre um rochedo que surgia no centro de uma bacia de prata circundada por delfins e monstros marinhos, de cujas bocas, mediante um mecanismo de relojoaria escondido num pé central da mesa, esguichava água. Um conjunto certamente fastuoso e jocoso que, porém, tinha o inconveniente de impor toalhas que sempre tinham um grande buraco no centro, do qual devia despontar o Netuno. (Os buracos do corte eram disfarçados por flores ou folhas.) Não havia aparadores, mas quatro grandes consoles com tampo de mármore rosa; e o tom

---

com tema, de modo a fornecer o tema da tecedura, geralmente em listras, em algumas áreas do tecido. O tema da urdidura ornamental é trabalhado de maneira semelhante. As tramas e as urdiduras sem tema ficam na face posterior do tecido. Se esses temas são descosturados na trama ou na urdidura, o tecido mantém sua tecedura de base.

* Na mitologia grega, Anfitrite é a mulher de Posêidon (Netuno para os romanos).

geral da sala era rosa, seja pelo mármore, seja pela toilette rosa da Princesa no grande quadro, seja pelo estofamento das cadeiras que também era rosa, não antigo, mas de tom delicadíssimo.

Como se vê, a casa de Santa Margherita era uma espécie de Pompeia do século XVIII, na qual tudo fora conservado milagrosamente intato; coisa sempre rara, mas quase única na Sicília, que, por pobreza ou descaso, é o lugar mais destruidor que existe. Não sei quais eram as causas exatas dessa durabilidade *fenomenal*: talvez o fato de que meu bisavô,* entre 1820 e 1840, passou ali longos anos numa espécie de confinamento que lhe fora imposto pelos reis Bourbon, em decorrência de algumas indecências cometidas na Marinha;** talvez o cuidado apaixonado que minha Avó*** tinha por ela; certamente o fato de que ela encontrara em Onofrio Rotolo o único administrador que, pelo que sei, não era ladrão.

Ele ainda vivia, na minha época: era uma espécie de gnomo, *pequenino*, com uma longuíssima barba branca; e vivia com a mulher incrivelmente enorme, num dos muitos apartamentos anexos à casa, com entrada separada. De seus cuidados e de sua meticulosidade contavam-se maravilhas: como quando a casa estava vazia ele a percorria toda noite com a lamparina em

* Alessandro IV Filangeri, marido de Teresa Merli Clerici.

** A única referência a essas "indecências" encontra-se no prefácio de Archibald Colquhoun a *Two Stories and a Memory*, Nova York, 1962, p. 110, notas: "*Driving his carriage stark naked*" [Guiando sua carruagem totalmente nu]. Na gênese do legado literário, a narração de Colquhoun é exposta como uma lenda. Algumas informações confidenciais devem ter mesmo existido, dando origem à nota. Em suas viagens a Palermo, Colquhoun teve ocasião de conhecer pessoas informadas sobre os fatos, ou assim supostas, e de conversar com elas.

*** A filha ilegítima de Alessandro IV, Giovanna Filangeri, herdeira dinástica dos feudos Filangeri, mulher de Lucio Mastrogiovanni Tasca Lanza, conde de Almerita.

mãos, para verificar se todas as janelas estavam fechadas e as portas trancadas; como permitia somente à mulher lavar as porcelanas preciosas; como após cada recepção (nos tempos de minha Avó) ia testar os parafusos que se encontravam debaixo das cadeiras "cannées"; — [*como retornado depois de... meses de ausência, meu Avô encontrava um cálice de "cognac" coberto por uma folhinha, mas cheio ainda, pela metade: "Representa um valor, senhor Príncipe, e não pude jogá-lo fora;"*] —* como durante o inverno passava dias inteiros a vigiar equipes de serventes que limpavam e mantinham arrumado cada canto mais fora de mão daquela casa mastodôntica. A mulher, apesar de sua idade e do seu aspecto pouco juvenil, era extremamente ciumenta; e vez por outra nos chegava a notícia de cenas horrorosas às quais ela o submetia porque suspeito de ter dado demasiada atenção às graças de uma jovem criada. Sei por certo que mais de uma vez foi até minha Mãe para repreendê-la vivamente pelos gastos exorbitantes; desatendido, óbvio, e talvez maltratado. Sua morte coincidiu com o rápido e repentino fim dessa belíssima vila entre as mais belas. Que estas linhas que ninguém lerá sejam uma homenagem à sua memória ilibada.

No entanto, em Santa Margherita a aventura para um garoto não se escondia apenas nos apartamentos desconhecidos e nos

* Esse trecho, reconstruído em transparência no computador, foi objeto de uma rasura deliberada. Podemos encontrá-lo em *O Leopardo*, op. cit., pp. 63-4: "Sua honestidade beirava a mania, e a seu respeito narravam-se episódios espetaculares, como aquele do cálice de licor deixado semicheio pela princesa no momento da partida e reencontrado no ano seguinte, no mesmo lugar, com o conteúdo evaporado e reduzido ao estado de sarro açucarado, mas intocado. 'Porque esta é uma parte infinitesimal do patrimônio do Príncipe e não deve ser desperdiçada'". E, talvez, poderíamos ser induzidos a pensar que a segunda parte de *O Leopardo* tenha sido escrita quase contextualmente às *Recordações de infância*.

meandros do jardim, mas também em muitos objetos singulares. Pensem apenas que fonte de maravilhas podia ser o centro de mesa! Mas havia ainda a "boîte à musique" descoberta num baú, uma grande engenhoca mecânica de relojoaria em que um cilindro irregularmente salpicado de pontas girava sobre [si] mesmo, elevando algumas minúsculas teclas de aço e difundindo uma música delicada e minuciosa.

Havia também alguns cômodos nos quais se encontravam enormes armários de madeira amarela, cujas chaves se perderam; nem mesmo Don Nofrio sabia onde estavam, e ao dizer isso, não é preciso dizer mais nada. Hesitou-se por muito tempo, depois chamou-se um chaveiro, as portas foram abertas. Os armários continham mais roupa de cama, dúzias e dúzias de lençóis, de fronhas, o bastante para abastecer um hotel (e dizer que já havia uma quantidade transbordante nos armários conhecidos); outros continham cobertas em lã genuína, salpicadas de pimenta e de cânfora; outros roupas de mesa, toalhas adamascadas pequenas, grandes e imensas, todas com o buraco no meio. E entre uma camada e outra dessas riquezas domésticas, havia saquinhos de tule contendo flores de lavanda já pulverizada. Mas o armário mais interessante era aquele que continha o material de escritório do século XVIII: era um pouco menor do que os outros e estava atulhado de enormes folhas de papel de carta de puro trapo, de feixes de penas de ganso amarradas ordenadamente de dez em dez, de "pains à cacheter"* vermelhos e verdes, e de longuíssimos bastões de laca.

Havia também os passeios ao redor de Santa Margherita: aquele em direção a Montevago, que era o mais frequente por-

* Hóstias usadas como lacre para selar a correspondência.

que se desdobrava no plano, era de distância justa (cerca de três quilômetros em cada sentido) e conduzia a um objetivo preciso se não atraente: a própria Montevago.

Depois havia o passeio pelo lado oposto, na estrada provincial em direção a Misilbesi:* passava-se diante de um enorme pinheiro-manso, e depois na ponte da Dragonara, cercada de modo inesperado por um verde denso e selvagem que me recordava as cenas de Ludovico Ariosto como eu as via naquela época nas ilustrações de Doré.** Quando se chegava a Misilbesi — uma paisagem de semblante canalhesco, índice de todas as violências e incômodos como eu acreditava já não existirem na Sicília: há poucos anos vi uma certa curva perto de Santa Ninfa*** (chama-se Rampinzeri) em que reconheci a cara canalhesca mas amada de Misilbesi —, encruzilhada ensolarada marcada por uma antiga casa postal com três estradas poeirentas e desertas que mais pareciam conduzir a Dite**** do que a Sciacca ou Sambuca, voltava-se geralmente de carruagem porque os sete quilômetros regulamentares já estavam ultrapassados havia muito.

* Chegava-se à propriedade de Misilbesi pela Dragonara. Uma foto antes do terremoto é publicada por Salvatore Scuderi e Giuseppe Scuderi, *Santa Margherita di Belìce nella storia siciliana*, op. cit., p. 370. Misilbesi ficava num cruzamento hoje tumultuado pelo tráfego veloz da estrada Palermo-Sciacca, nas cercanias do lago Arancio. Os velhos trechos viários são reconhecíveis, nada resta da construção. O território do Belìce, em especial o de Santa Margherita, foi totalmente transformado com os fundos para a reconstrução; hoje, do Jardim Municipal, veem-se vales verdes de vinhedos.

** Gustave Doré (1832-83) foi o ilustrador mais popular do Segundo Império. Todas as grandes obras literárias daquele período são impressas em edições in-fólio com suas ilustrações.

*** Lampedusa se refere aqui à sua estadia em Poggioreale, quando foi mobilizado em 1942. Afirmava não ter ido naquela época a Santa Margherita para não sofrer demais. Mas poderia ser uma *excusatio non petita*.

**** Cidade infernal da *Divina comédia* de Dante Alighieri. (N. T.)

A carruagem nos seguira a passo, parando de vez em quando para não nos ultrapassar e depois, novamente, alcançando-nos sem se apressar; alternando fases de silêncio e também de desaparecimento, conforme as curvas do caminho, com fases de reaproximações ecoantes de cascos.

No outono os passeios tinham como meta o vinhedo de Totò Ferrara, e ali nas pedras, comia-se a uva muito doce e maculada (uva de vinho porque em 1905-10 quase não se cultivavam uvas de mesa na Sicília), e depois se entrava numa sala semiescura no fundo da qual um rapagão enorme agitava-se como um frenético dentro de um barril, pisando com os pés a uva, cujo suco esverdeado via-se escorrer numa canaleta de madeira, enquanto o ar enchia-se de um pesado cheiro de mosto.

"*Dance, and provençal song, and sunburnt mirth.*"*

Não, nada de "mirth". Na Sicília não tinha disso, não tem disso agora nunca quando se trabalha; as vindimadoras toscanas cantando modilhos, as debulhas de trigo livonianas pontuadas por banquetes, cantos e acasalamentos, são coisas desconhecidas; todo trabalho é "'na camurria",** concedido pelos Deuses aos nossos "*lotus-eaters*".***

Nas tardes chuvosas outonais o passeio limitava-se ao Jardim Municipal. Ele estava situado no limite setentrional do povoado, exatamente sobre o penhasco que contemplava o grande vale

* John Keats (1795-1821), *Ode to a Nightingale*, verso 14.

** Doença venérea (corrimento, gonorreia) em dialeto siciliano. O vocábulo é utilizado para indicar um incômodo crônico.

*** Os lotófagos viviam apalermados no ócio. Quando Ulisses desembarca na ilha dos lotófagos, tem de levar embora à força os companheiros que haviam degustado a flor do esquecimento.

que talvez seja o eixo principal leste-oeste da Sicília e, de todo modo, um de seus poucos acidentes geográficos evidentes.

Fora doado ao Município por meu Avô* e era de uma melancolia ilimitada; uma alameda bastante longa, debruada por ciprestes jovens e por velhas azinheiras, afluía para uma esplanada despojada que tinha em frente uma capelinha de Nossa Senhora de Trapani, no centro uma aleia florida de "cannae" vermelhas e amarelas, e à esquerda uma espécie de quiosque-templete com cúpula esférica de onde se podia admirar o panorama.

E valia a pena. Estendia-se, em frente, um imenso costão de morros, todo amarelo por causa do trigo ceifado, com os restolhos por vezes queimados, que produziam máculas negras, de modo que se tinha realmente a impressão de uma fera desmedida, agachada. No tórax dessa leoa ou hiena (conforme o humor de quem olhava), mal se entreviam os povoados que a pedra amarelo-cinzenta das construções distinguia com dificuldade do fundo: Poggioreale, Contessa, Salaparuta, Gibellina, Santa Ninfa, oprimidos pela miséria, pela quentura, pela escuridão que sobrevinha e à qual eles não reagiam nem sequer com o mínimo pavio.

A capelinha no fundo da esplanada era alvo das manifestações anticlericais dos estudantes de direito margaritanos, em férias naquele momento. Frequentemente liam-se ali, escritas a lápis, as estrofes do Hino a Satã: "Saúde, ó Satã/ ó rebelião/ ó força vingativa/ da razão".** E quando minha Mãe (que aliás conhecia de cor o Hino a Satã e se não o admirava era apenas por

* Lucio Mastrogiovanni Tasca Lanza, conde de Almerita. O quiosque-templete de Santa Margherita é uma réplica daquele que o avô mandara edificar no laguinho wagneriano de Camastra, a vila no Corso Calatafimi levada em dote por sua mãe, Beatrice Lanza Branciforte.

** Giosuè Carducci, *Inno a Satana*, 1863.

razões estéticas) enviava na manhã seguinte o jardineiro Nino para dar uma pincelada de cal sobre aqueles versos modestamente sacrílegos, dois dias depois liam-se outros, mais ácidos: "Excomungo-te, ó Padre", "núncio de lutos e de iras" e outros tantos desabafos que o bom Giosuè acreditara ser seu dever manifestar contra o cidadão Mastai.*

No penhasco abaixo do quiosque podiam-se colher alcaparras, coisa que eu fazia regularmente, correndo o risco de quebrar a cara; e parece que ali também havia umas moscas cantárides cujas cabeças pulverizadas são um pó afrodisíaco tão potente; que essas moscas existiam então, eu tinha certeza; mas de quem eu ouvira dizer e por quê, permanece um mistério. De todo modo, cantárides, sejam mortas ou vivas, inteiras ou em pó, eu nunca as vi em minha vida.

Esses eram os passeios diários e pouco trabalhosos. Havia outros mais longos e complicados, algumas "excursões".

A "excursão" por excelência era aquela até a Venarìa, o pequeno pavilhão de caça situado sobre uma colina um pouco antes de Montevago. Essa era uma excursão que se fazia sempre em companhia, algumas vezes por estação, e nela não faltava certo hábito cômico. Decidia-se: "Domingo que vem, café da manhã em Venarìa". E por volta das dez horas partíamos, as senhoras de carruagem, os homens em lombo de burro. Embora todos, ou quase todos, possuíssem cavalos, ou ao menos mulas, o uso

* Versos 165-72, citados de cor do remate de *Per Eduardo Corazzini*, do Primeiro livro dos *Giambi ed epodi* (1867-69): "Tu da piedade que chora e ora,/ Tu do amor que alegra/ As criaturas na vida une,/ Eu excomungo, ó Padre;/ Tu fosco pontífice do mistério,/ Vate de lutos e de iras,/ Eu sacerdote da augusta verdade,/ Vate do porvir".

A poesia é toda um insulto a Pio IX, o traidor cidadão Mastai. Assim também o remate do *Canto do amor*, último poema dos *Giambi ed epodi*: "Vem: à liberdade o brinde eu faço: Cidadão Mastai, beba um cálice!".

do burro era tradicional; apenas meu Pai se revoltava, porque encontrara um modo de contornar a dificuldade declarando ser a única pessoa capaz de guiar por aquelas estradas o "dogcart"* em que iam as senhoras, e em cujas secretas gaiolas para os cães, que ficavam debaixo da caixa, estavam guardadas garrafas e doces para o almoço.

Entre risadas e chistes, a comitiva tomava a estrada de Montevago. No centro do grupo poeirento estava o "dogcart" em que minha Mãe, Anna (ou "Mademoiselle" que fosse), Margherita Giaccone e algumas outras procuravam proteger-se da poeira com véus cinza de espessura quase muçulmana; ao redor caracolavam os burros (aliás "i scecche", porque em siciliano o burro é quase sempre feminino, como os navios em inglês) com as orelhas chacoalhando. Havia as verdadeiras quedas, os amotinamentos asininos autênticos, e as quedas fictícias, provocadas por amor do pitoresco. Atravessava-se Montevago, despertando a indignação vocal de todos os cachorros do lugar, chegava-se à ponte das Dàgali, descia-se no terreno abaixo e começava-se a subir a ladeira.

A alameda era realmente grandiosa: cerca de trezentos metros de comprimento, subia reta em direção ao alto da colina, limitada em cada lado por uma dupla fileira de ciprestes. E não ciprestezinhos adolescentes como aqueles de San Guido,** mas enormes e centenários ciprestões que da densa copa expandiam

* Pequena carruagem esportiva de um cavalo. Os passageiros ficavam sentados em um ou dois bancos descobertos.

** *Davanti a San Guido* [Defronte a São Guido], com a condição de não sermos preconceituosos, é uma poesia de alto nível: "Os ciprestes que em Bolgheri altos e esguios/ Vão de São Guido em dúplice fileira". Mas Lampedusa era preconceituoso. E em todas as suas conversações literárias, Carducci era objeto de escárnio. Hoje os ciprestes de Bolgheri são imponentes e majestosos, aqueles da Venarìa foram vendidos como lenha para queimar.

seu perfume austero em todas as estações. As fileiras eram interrompidas de vez em quando por um cruzamento de bancos, e uma vez por uma fonte cuja carranca ainda cuspia água a intervalos. E subia-se na sombra cheirosa em direção à Venarìa que estava lá em cima, imersa no grande sol.

Era um pavilhão de caça construído no final do século XVIII que passava por "muito pequeno" mas que na verdade tinha pelo menos uns vinte cômodos. Construído no alto da colina do lado oposto àquele pelo qual chegávamos, suspenso sobre o penhasco, ele olhava para o vale, o mesmo que se via do Jardim Municipal mas que ali, mais do alto, parecia de uma desolação ainda mais vasta.

Eis a sua planta estranha.*

Os cozinheiros que tinham partido de Santa Margherita às sete da manhã e que já haviam preparado tudo, quando o rapaz de vigia anunciara a aproximação do grupo puseram nos fornos os monumentais "timballi di maccheroni alla Talleyrand"** (*o molho etc.*),*** de modo que, ao chegar, houve apenas tempo

* Uma ampla documentação fotográfica sobre a Venarìa encontra-se em Salvatore Scuderi e Giuseppe Scuderi, *Santa Margherita di Belìce nella storia siciliana*, op. cit., pp. 169-73.

** O ensaio mais completo sobre a sensualidade das memórias culinárias de Giuseppe Tomasi foi escrito por Donatella La Monaca: "Una pietanza da Dei rustici e primigeni: Le seduzioni del cibo in Tomasi di Lampedusa", *LC*, revista online do Departamento de Literatura e Cultura Europeia, pp. 106-13, 2008. No plano técnico-culinário, mais uma vez Lampedusa é classista. A cozinha dos *monsù* na Sicília era uma cozinha de derivação francesa: realmente deliciosa e difícil de encontrar. Havia também uma cozinha popular, exatamente aquela dos "Deuses rústicos e primigênios": Tomasi a aprecia, mesmo com as devidas distâncias, em nome das cores locais. No primeiro grupo entram os *timballi*, no segundo os suflês de extrato de tomate, com o agridoce e o *caciocavallo* ou a ricota salgada no lugar do parmesão.

*** Mais um trecho apagado do qual só se decifra o início.

orecchie [illegible]. Vi erano le [illegible], e [illegible] procurato

[illegible] ammattinamenti [illegible]

[illegible] destando [illegible]

indignazione [illegible]

[illegible] s'incominciava a udire l'eco.

Il viale era [illegible] filare [illegible] cipressetti [illegible] guida [illegible] catenari [illegible] finestra [illegible] filar erano interrotti [illegible] incroci [illegible] fontana di cui [illegible] ancora [illegible] intervalli [illegible] grande [illegible]

[illegible] passava [illegible] altri [illegible] opposto [illegible] Veneziane [illegible] guardava [illegible] strapiombo [illegible] solo [illegible] ancora [illegible] e cupe [illegible]

Ecco la stazione finale.

[illegible]

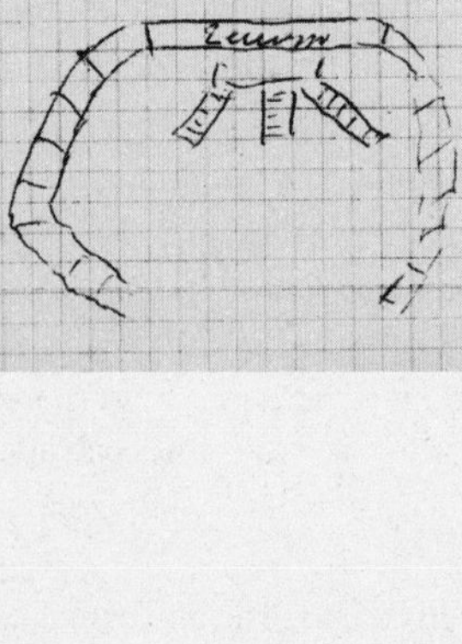

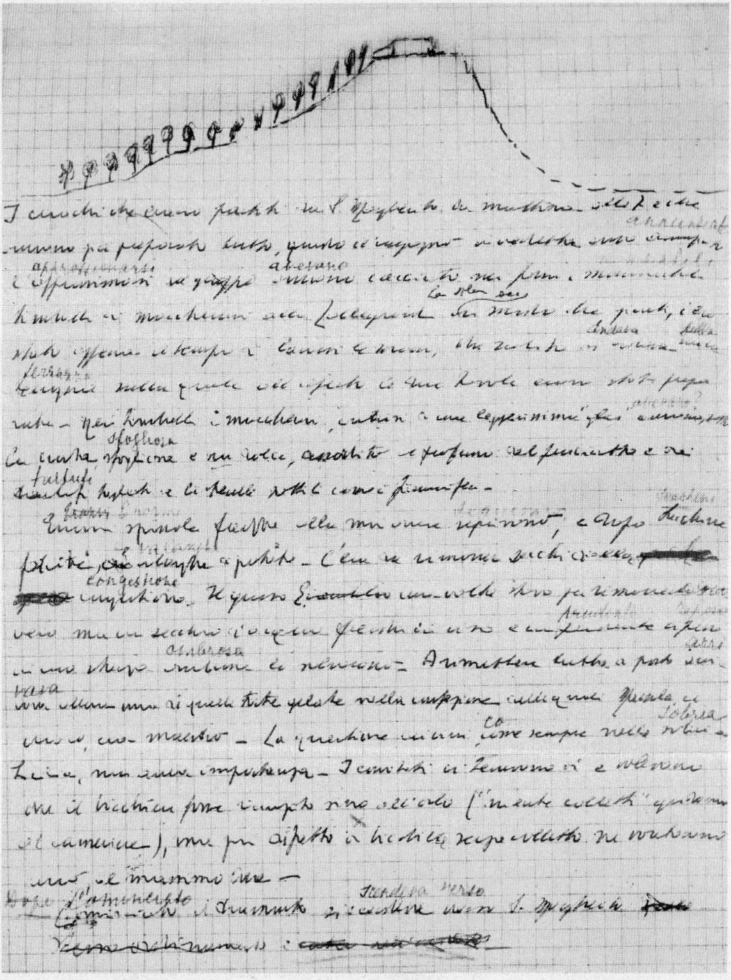

para lavar as mãos que logo se ia ao terraço onde, ao ar livre, as duas mesas haviam sido arrumadas. Nos "timballi", os macarrões, embebidos numa levíssima "glas", tinham, sob a crosta folhada e não doce, absorvido o perfume do presunto e das trufas cortadas em tiras finas como fósforos.

Seguiam-se enormes robalos frios com maionese, e depois umas peruas assadas e montanhas de batatas. Era de cair morto de congestão. Certa vez o gordo Giambalvo esteve prestes a tê-la de verdade: mas um balde de água fria no rosto e um prudente repouso num quarto sombreado o salvaram. Para pôr tudo em ordem chegava, então, uma daquelas tortas geladas em cuja embalagem Marsala, o cozinheiro, era mestre. A questão dos vinhos, como sempre na sóbria Sicília, não tinha importância. Os convidados importavam-se, sim, e queriam que a taça fosse preenchida até a borda ("nada de colarinho", gritavam ao garçom), porém, de fato, de taças sem colarinho eles esvaziavam uma, no máximo duas.

Iniciado o pôr do sol, descia-se em direção a Santa Margherita.

Falei de "excursões", no plural, na verdade, reconsiderando, a única "excursão" era aquela à Venarìa; nos primeiros anos houve outras, das quais, porém, guardo uma recordação bastante vaga; mas a palavra "vaga" não é exata. Seria melhor dizer "difícil de expressar". A impressão visual permanecera muito viva na mente; mas na época ela não estava ligada a nenhuma palavra. Em Sciacca, por exemplo, fomos de carruagem almoçar na casa dos Bertolino quando eu devia ter cinco ou seis anos; da refeição, das pessoas que encontramos, do trajeto até lá, não tenho memória alguma. Ao contrário, da própria Sciacca, ou, melhor dizendo, do seu passeio acima do mar, ficou em minha mente uma imagem fotográfica completa e precisa, a tal ponto que, quando há dois anos retornei pela primeira vez a Sciacca, após nada menos que cinquenta anos, pude facilmente comparar a cena que observava com aquela velha que ficara na mente, e constatar as muitas semelhanças e algumas diferenças.

Como sempre minhas recordações distantes são, de modo especial, recordações de "luz": em Sciacca vejo um mar intensamente azul, quase negro, que cintila furioso sob o sol meridiano, um daqueles céus de pleno verão siciliano, enevoados de tão abafadiços, um parapeito que protege do penhasco sobre o mar, uma espécie de quiosque onde há um café à esquerda de quem olha o mar. (Esse existe ainda agora.)

Um céu carrancudo e atravessado por nuvens de chuva, por sua vez, sugere-me o nome de Cannitello, pequena casa de campo situada sobre uma colina íngreme, à qual se tinha acesso por um caminho sinuoso que, não sei por quê, os cavalos precisavam subir a galope. Vejo o landau com suas almofadas azuis empoeiradas (e que exatamente por serem azuis mostravam que a carruagem não era nossa, mas alugada), minha Mãe que, sentada num canto, ela mesma apavorada, tentava me tranquilizar, enquanto a nosso lado as árvores raquíticas surgiam e desapareciam com a velocidade do vento, e os incitamentos do cocheiro uniam-se aos estalos do chicote e ao enfurecer dos guizos (não, a carruagem não era mesmo a nossa).

Da casa de Cannitello mantenho uma memória que agora me permite dizer que tinha um aspecto senhoril mas paupérrimo; então esse juízo socioeconômico, evidentemente eu não o formulava, mas posso afirmar agora com serenidade ao examinar a fotografia mental que acabo de puxar do arquivo da memória.

Falei das pessoas que frequentavam a casa de Santa Margherita; resta-me, agora, falar dos hóspedes que vinham por alguns dias ou algumas semanas.

Parto da premissa de que esses hóspedes eram poucos. Na época não havia automóveis; ou, melhor dizendo, devia haver três ou quatro em toda a Sicília, e o estado horrendo das estradas in-

duzia os proprietários dessas "aves raras" a usá-las somente na cidade. Santa Margherita era longe de Palermo, então, doze horas de viagem, e que viagem!

Dentre os hóspedes em Santa Margherita eu recordo minha tia Giulia Trigona com sua filha Clementina e a governanta dela, uma alemã ossuda e severíssima bem diferente das minhas sorridentes Annas. Giovanna (agora Albanese) ainda não tinha nascido e o tio Romualdo não sei onde exibia seu belo físico e seus trajes impecáveis.*

Clementina era, como é agora, um homem de saias. Decidida, brusca e briguenta, era (exatamente por essas suas particularidades que depois se revelaram negativas) uma agradável companhia de brincadeiras para um menino de seis ou sete anos. Recordo bem certas intermináveis perseguições em triciclo que aconteciam, para além do jardim, no interior da casa, entre a sala de entrada e o "salão de Leopoldo", o que entre ida e volta devia dar uma distância de cerca de quatrocentos metros. Já contei a historinha da nossa transformação em macacos na gaiola do jardim; e me lembro dos cafés da manhã consumidos ao redor de uma mesinha de ferro no jardim. Mas receio que esta última seja uma "pseudorrecordação": desses cafés da manhã no jardim existe uma fotografia, e é totalmente possível que eu confunda a recordação atual da fotografia com outra arcaica da infância. O que pode bem ser e é, aliás, frequente.

Devo dizer que não guardo nenhuma recordação de minha tia Giulia nessa ocasião: provavelmente Clementina e eu ainda estávamos na idade das refeições separadas.

* Giulia Mastrogiovanni Tasca Filangeri di Cutò (1876-1911), mulher do conde Romualdo Trigona di Sant'Elia (1870-1929). Giulia tivera duas filhas com o marido, Clementina (1897-1972) e Giovanna (1904-88).

Muito viva, ao contrário, é a recordação de Giovannino Cannitello. Ele era o proprietário daquela casa de Cannitello da qual falei. Giovanni Gerbino Xaxa, barão de Cannitello, era o seu nome completo e ele pertencia a uma boa família local, subfeudatária dos Filangeri, que tinham obtido o direito, raríssimo e muito invejado, de investir nos próprios feudos, do baronato, um total de dois vassalos a cada geração. Os Gerbino (que haviam sido juízes do tribunal do "misto e mero")* tiveram esse privilégio, e minha Avó, por isso, o chamava "o primeiríssimo vassalo dentre meus vassalos".**

* *Mero et mixto imperio*: locução latina medieval, indicava a delegação do exercício dos poderes de administração da justiça a um feudatário que detinha o poder absoluto sobre todo o território, à exceção dos bens da Igreja, que eram imunes à sua jurisdição. (N. T.)

** Abolidos o feudalismo e o mero e misto império com a Constituição de 1812, a aristocracia siciliana, quanto às honorificências, tendia a estruturar-se numa série de famílias com poderes (reduzidos unicamente à distinção honorífica) mais amplos do que aqueles dos quais pudera dispor no tempo do fideicomisso. O reino sabaudo procurou ratificar as sucessões heráldicas, mas isso não impediu que no uso corrente elas fossem várias vezes desconsideradas. Por exemplo, as grandes famílias dispunham comumente de um título de príncipe e de um de duque. E o primogênito durante a vida do pai ostentava o título ducal. Mas para os outros cadetes não raro o título de barão ou senhor era elevado ao de marquês ou de conde. Por exemplo, os Tomasi designavam como marquesado o baronato de Torretta e condado a senhoria sobre a torre de San Carlo no litoral defronte a Palma. A notícia de que os Gerbino tinham sido subfeudatários dos Filangeri não é correta. Giovanni Antonio Gerbino adquiriu em 1637, em leilão público, os feudos de Cannitello e de Gullotta, que faziam parte do baronato de Misilindino: o leilão dependia das penhoras impostas sobre o baronato. E era habitual que o título baronial fosse concedido pelos vice-reis como consequência da aquisição. A venda aos Gerbino era a segunda *licentia dismembrandi* bem-sucedida do baronato. A primeira fora para os Xirotta, em 1635, com a venda dos feudos Adrigna, Gipponeri e Serafino. Em 1641 Filipe IV tornou (sempre por cobrança) Rutilio Xirotta príncipe de Montevago. Esse nome estava ligado ao motivo pelo qual Girolama Xirotta

Giovannino Cannitello dava-me, então, a impressão de um velhote: na realidade não devia ter mais que quarenta anos. Era altíssimo, magríssimo, miopíssimo: apesar de seus pince-nez, que equipados com lentes de extraordinária espessura rasgavam-lhe o nariz com seu peso, ele caminhava curvado na esperança de conseguir vislumbrar ao menos uma sombra daquilo que o cercava. O pobre homem, de fato, morreu cego há não mais que uns vinte anos.

Pessoa boníssima, delicada, benquista e não muito inteligente, ele dedicara a vida (e dissipara a maior parte de seus bens) ao desejo de ser uma "pessoa elegante". E do ponto de vista do vestuário certamente conseguira: nunca vi num homem um vestuário mais sóbrio, mais bem cortado, menos vistoso que o seu. Tinha sido um dos tantos mulherengos que, feito mariposas, a lâmpada viva dos Florio atraíra, exaltara em reviravoltas e depois abandonara sobre a toalha com as asas queimadas. Com os Florio estivera mais de uma vez em Paris, hospedando-se inclusive no Ritz, e de Paris (a Paris das boîtes, dos bordéis de luxo, das meninas pagas) conservara uma lembrança deslumbrada, o que, aliás, o tornava muito semelhante ao dr. Monteleone do qual falei; com a diferença de que as recordações do doutor giravam ao redor do Quartier Latin e da École de Médecine. Aliás, entre o dr. Monteleone e Giovannino Cannitello não havia uma boa relação, talvez justamente por essa rivalidade ao disputar os favores da Ville Lumière. Por muito tempo foi uma brincadeira em família a história de como o dr. Monteleone, acordado de madrugada porque Cannitello engolira um litro de petróleo com fins suicidas (porque rejeitado por uma graciosa camareira),

---

adquirira os feudos: "a amenidade do lugar", como se diria no jargão galante do século seguinte.

virara-se simplesmente para o outro lado dizendo: "Enfiem-lhe um estopim no estômago e acendam-no".*

Porque Giovannino Cannitello (que após a época francesa de Mademoiselle Sempell foi chamado "le grand Esco", isto é, "le grande escogriffe")** tinha um temperamento sentimental, além de ser galante. E foram inúmeras as vezes em que ele atentou contra a própria vida (mediante o cauteloso uso de petróleo ou de vapores de "braseiro"*** com a janela aberta) depois de ser repelido por parte de suas paixões, geralmente de classe servil.

O pobre Cannitello, que ficou quase cego e completamente pobre, morreu não muitíssimos anos atrás (por volta de 1932) na sua casa de Via Alloro, contígua à igreja dos Cocheiros.**** Minha Mãe, que foi visitá-lo até o fim, voltava sempre muito impres-

* Esta história do acendimento do pavio no estômago do suicida enamorado estava entre as anedotas de Margarita de Lucio Piccolo. E eu a ouvi recitá-la várias vezes, imitando a introdução do pavio e seu acendimento final.

** O grande varapau.

*** Boa parte das casas antigas de minha juventude ainda eram aquecidas com o "braseiro", que consistia numa espécie de grande fôrma baixa em lâmina de ferro com quarenta a cinquenta centímetros de diâmetro. Esse recipiente tinha bordas largas que se apoiavam num tripé de latão, de medida adequada, com pés em pata de leão. O conjunto era coberto por uma campânula de latão perfurada, mais ou menos artisticamente, encimada por uma águia (ao menos em Palermo, onde o artesão local usava a insígnia citadina para indicar a proveniência, por exemplo, nos relógios de tartaruga dos vários mestres relojoeiros palermitanos, Alessi, Mustica etc.). A fôrma era preenchida com brasas de carvão de lenha. No inverno a família se dispunha ao redor do braseiro; apoiavam-se os saltos sobre uma espessa faixa circular de madeira de castanheira e as solas sobre a campânula. Quando conheci os Piccolo (1953), a vila deles não tinha aquecimento central e o braseiro era levado para o salão. E se fazia frio, nos enroláramos num amplo xale de lã. As emissões de dióxido de carbono do braseiro eram evidentemente tóxicas, e devíamos ficar atentos à ventilação.

**** A igreja ficava na pracinha dos Cocchieri, do lado da Via Alloro, a uns cinquenta metros do palácio Lanza Tomasi, no bairro da Kalsa.

sionada porque ele estava tão curvado que, sentado na poltrona, seu rosto ficava a vinte centímetros do chão, e para falar com ele era preciso sentar-se numa almofada posta diretamente no piso.

Nos primeiros anos, Alessio Cerda também era hóspede frequente em Santa Margherita. Depois ficou cego e embora sempre o víssemos em Palermo, em Santa Margherita ele não apareceu mais. Havia uma fotografia dele em farda de tenente das Guide, com o boné mole, as botas moles, as luvas moles de nosso infeliz exército de 1866; todas as molezas que se confirmaram em Custoza.* Mas de Alessio Cerda,** personagem singularíssimo, terei ocasião de falar.

Outra pessoa que veio uma vez, justamente com um dos primeiros automóveis, foi Paolo Scaletta. Acredito que tenha vindo por acaso. Ele ia a alguma propriedade Valdina em Menfi, não longe de Santa Margherita, quando seu carro teve uma pane. E veio nos pedir hospitalidade.

Em torno de Santa Margherita se reúnem muitas de minhas recordações, agradáveis e desagradáveis, mas todas cruciais.

Foi em Santa Margherita que, na idade não tenra de oito

* Batalha da Terceira Guerra de Independência. Em 24 de junho de 1866 o exército italiano, malgrado a superioridade numérica, foi derrotado pelos austríacos em Custoza.

** Alessio Santostefano della Cerda, tio de Fulco Verdura (1898-1978), grande amigo de Piccolo e Lampedusa, com quem este manteve correspondência até meados dos anos 1920. Fulco mudara-se para Paris após a Primeira Guerra Mundial e logo se tornou um homem de sucesso, movido por um excepcional talento de animador social. Trabalhou com Coco Chanel, depois foi designer de joias e abriu uma joalheria artística: entre seus clientes havia muitas celebridades dos Estados Unidos e do eixo Nova York-Londres-Paris. De Paris, informava Lucio Piccolo e Lampedusa sobre as novidades literárias (Valéry, Apollinaire). Alessio nascera em Palermo em 1848, ganhava a vida como antiquário. Era lembrado como um homem intolerante e colérico, mas no fim das contas as pessoas o queriam bem.

anos, ensinaram-me a ler. Antes faziam leituras para mim; em dias alternados liam para mim a *História sagrada*, uma espécie de resumo da Bíblia e do Evangelho, às terças, quintas e sábados; e às segundas, quartas e sextas... a Mitologia clássica. De maneira que adquiri um sólido conhecimento de ambas as disciplinas; ainda sou capaz de dizer quantos e quais foram os irmãos de José e me arranjo entre as complicadas encrencas familiares dos Átridas. Antes mesmo de saber ler, minha Avó também era obrigada por sua própria bondade a ler para mim durante uma hora *A rainha dos caraíbas*, de Emilio Salgari, e ainda a vejo enquanto se esforçava para não adormecer ao ler em voz alta as proezas do Corsário Negro e as bravatas de Carmaux.*

Finalmente decidiu-se que essa cultura religiosa, clássica e aventureira vicariamente ministrada não podia durar muito mais tempo e resolveu-se confiar-me aos cuidados de "Dona Carmela", uma professora primária de Santa Margherita.** Agora as professoras primárias são umas senhoritas animadas, elegantes, que te falam de métodos pedagógicos de Pestalozzi e de James*** e que atendem por "professoras". Em 1905, e na Sicília, uma professora primária era uma velhinha, mais de cinquenta por cento camponesa, quatro-olhos, com a cabeça envolta num xale negro; apesar disso, ela sabia ensinar à perfeição; em dois meses eu sabia ler e

* Emilio Salgari (1862-1911), *La regina dei Caraibi*, 1901. É o segundo romance do ciclo *Os corsários das Antilhas*, composto de cinco títulos. Carmaux é um corsário fanfarrão, fidelíssimo ao Corsário Negro.

** A professora chamava-se Carmela Mauro. Uma fotografia dela pode ser vista em Salvatore Scuderi e Giuseppe Scuderi, *Santa Margherita di Belìce nella storia siciliana*, op. cit., p. 360. A imagem coincide com a descrição de Lampedusa.

*** John Heinrich Pestalozzi (1746-1827), pedagogo suíço, entre os fundadores da disciplina. William James (1842-1910), filósofo e pedagogo, irmão do escritor Henry James.

escrever, não tinha mais dúvidas a respeito das consoantes duplas e das sílabas acentuadas. Durante semanas inteiras, na "sala azul" que dava para o segundo pátio, separada da minha "sala rosa" apenas por um corredor, tive de fazer ditados silábicos, isto é, "di--ta-dos si-lá-bi-cos", e repetir dezenas de vezes "di, do, da, fo, fa, fu, qui e qua nunca levam acento". Santas canseiras, aliás; *graças às quais nunca me acontecerá, como acontece a um ilustre senador, de surpreender-me pela frequência de erros de impressão, nos jornais e nos cartazes, que escrevem "Repubblica" com dois "b".**

Quando aprendi a escrever em italiano, minha Mãe ensinou--me a escrever em francês: falar já falava e estivera muitas vezes em Paris, e na França. Mas a ler eu aprendi em Santa Margherita. Ainda vejo minha Mãe, sentada comigo diante de uma escrivaninha, escrevendo lentamente e com grande clareza "le chien, le chat, le cheval" numa coluna de um caderno de capa azul brilhante, e ensinando-me que "ch" em francês é "sc", como em italiano "scirocco e Sciacca", dizia ela.

— [Desde então até o liceu, passei todas as minhas tardes na casa de meus avós paternos, em Via Lampedusa, sentado no salão detrás de um biombo, a ler. Às cinco horas, meu avô man-

* *Wicked joke*, ou melhor, *nasty joke* endereçada ao tio Pietro Tomasi della Torretta. Os sicilianos costumam dobrar as consoantes e Giuseppe afirma que o tio considerava um erro ortográfico escrever *Repubblica* com dois "b". Não lembro de Torretta ter levantado, diante de mim, um caso de incorreção ortográfica pelo uso corrente de escrever *Repubblica* com dois "b" (todos os dicionários oitocentistas, além disso, mencionam a versão com dois ou com um "b"). Poderia supor que, se o fez, fora por instigação da mulher, Alice Barbi. A temível marquesa tinha traços de arrogância didática quanto ao italiano lavado no rio Arno e utilizava todo tipo de vocábulos pescados no dicionário da Crusca. Por exemplo, criticava o uso da expressão "misturar o açúcar com o café" e afirmava que o correto era dizer "remexer o açúcar". Meu pai tinha uma reserva de anedotas desse gênero relativas à marquesa de Torretta e a rotulava de tediosa.

dava-me ir ao seu escritório para me dar o lanche: um pedaço de pão amanhecido e um grande copo de água fresca. Essa permanece sendo até hoje minha bebida preferida.] —*

TORRETTA

Depois havia Torretta. O mesmo tanto que Santa Margherita era amada, Torretta era detestada. Ela sempre foi, e é ainda agora para mim, símbolo e acompanhamento de doença e de morte.

Torretta é um povoado a cerca de vinte quilômetros de Palermo, no interior, a uma altura de quinhentos metros acima do nível do mar. Essa sua altura a levava a ser considerada fresca e salubre; na realidade o povoado, encerrado num vale estreito, dominado por todos os lados por montanhas áridas e escarpadas, desprovido de rede de esgoto, água corrente, serviço postal e luz elétrica, é um dos lugares menos salubres que existem; em minha casa, os doentes que eram enviados para lá a fim de "restabelecerem-se", definhavam, entristeciam e ao cabo de três meses morriam. As pessoas da região também eram sombrias, sujas, incultas e viviam como ratos naqueles becos imundos.

* O trecho entre colchetes só pode ser lido na primeira edição dos *Contos*, aquela organizada pela viúva Lampedusa. No caderno manuscrito não consta, mas poderia ter sido rabiscado em alguma folha depois arrancada. No final do caderno observa-se que algumas folhas foram arrancadas e verossimilmente usadas como papel de rascunho; por outro lado, o trecho relata um traço que aparecia com frequência nas conversas de Giuseppe: sua predileção pela água, indicada como a bebida eleita. Muitas vezes almoçávamos juntos em dois restaurantes que hoje não existem mais: Da Renato e Il Pappagallo, um na praça Politeama e o outro na Via Principe di Granatelli. E Giuseppe pedia vinho apenas para mim.

Nossa casa era a "casa baronial" do lugar e, como tal, situada na praça principal. Como aquela de Santa Margherita, mas com quais diferenças! Primeiramente a praça que em Santa Margherita era ampla, arborizada, ensolarada, cercada por edifícios ao menos decentes, em Torretta era estreita, escura, fechada, com o calçamento sempre úmido e sempre enfeitado pelas dejeções douradas das mulas. Em seu centro surgia uma fonte barroca de um estilo feio, que cuspia por três míseros canos a única água que brotava no povoado e, por isso, dia e noite era rodeada por uma cerca de mulheres e crianças com os "quartilhões" nas mãos, que tiravam a água, com o desprezo tipicamente siciliano por qualquer forma de ordem e de "fila" e com cenas à base de gritos, empurrões, pisões de pé e prepotências.* Nossa casa não era pequena, mas parecia minúscula em comparação com a de Santa Margherita e exibia cinco sacadas na praça. Infelizmente a fachada não fora pintada nas alegres cores sicilianas, branco e amarelo, mas em branco com as molduragens das janelas e das sacadas em cinza bastante escuro, que parecia preto desbotado, conferindo ao conjunto um aspecto de túmulo patrício, desagradável exatamente porque profético.

Como consequência do perpétuo vozerio e da balbúrdia perdurante ao redor da fonte da praça, nossa vida transcorria nas salas do fundo da casa, as quais davam para um terraço que dominava o vale, um daqueles tristes vales sicilianos, desarmônicos e pelados, que bem no fundo sempre deixam ver uma pequena nesga de mar azulíssimo. Daquele lado o ar teria sido

* Na coleção de cartões-postais endereçados à família Piccolo e publicadas em *Caro Piccolo ti scrivo*, Palermo, Fondazione Federico II, 2014, há um cartão-postal do palácio baronial de Torretta, no qual Beatrice escreve à irmã Teresa e espera a primavera para abraçá-la novamente em Palermo. O cartão-postal é uma representação exata do que é descrito por Lampedusa.

bom e a calma absoluta se, sob o terraço, num desnível de uma dezena de metros, não houvesse um tanque enorme onde, o dia inteiro, as mulheres de Torretta, cântaro nos ombros, vinham derramar o excedente de seus poços negros. De modo que em Torretta não se escapava do cheiro de excrementos, nem de um lado, nem do outro.

Com a hegemonia desses eflúvios, a casa de Torretta se iniciava com uma larga escada dupla que levava a um hall de entrada…

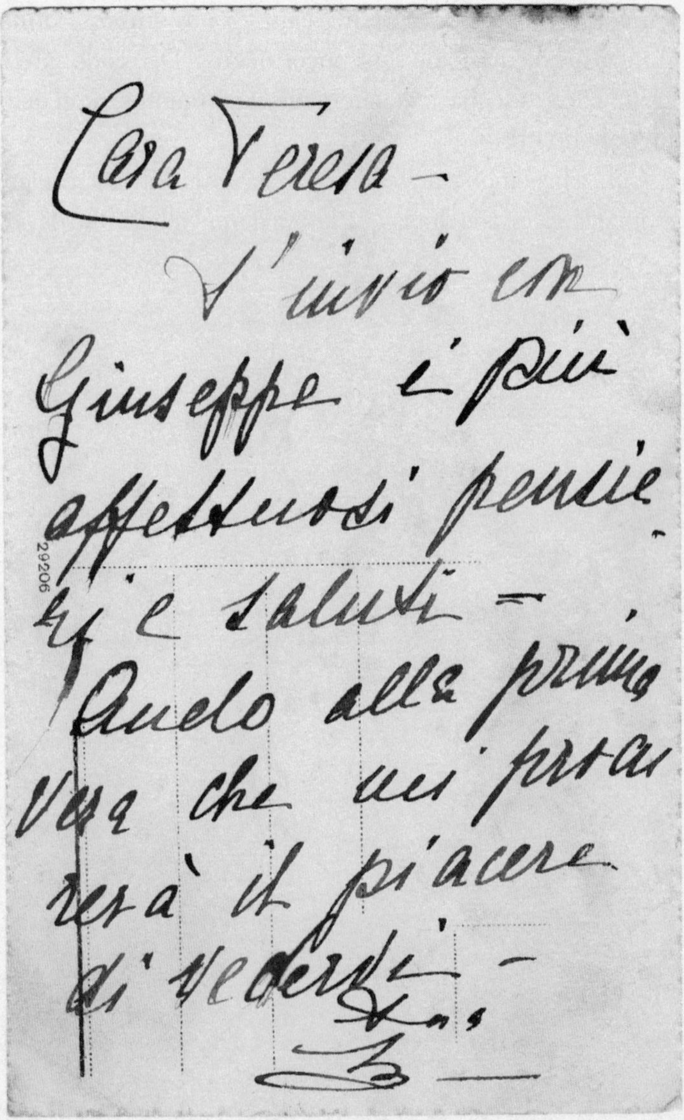
Cara Teresa —

T'invio con Giuseppe i più affettuosi pensieri e saluti — Anelo alla primavera che mi procurerà il piacere di vederti —

29206

Critérios editoriais da presente edição

Fontes em ordem cronológica: manuscrito, caderno de anotações 24 × 17,5 cm (139 páginas, duas folhas do final foram arrancadas), 1956.

LAMPEDUSA, Giuseppe Tomasi di. *Racconti*. Pref. de Giorgio Bassani. In: *Biblioteca di Letteratura*. Milão: Feltrinelli, 1961.

LAMPEDUSA, Giuseppe Tomasi di. *I racconti*. Org. de Nicoletta Polo. Pref. de Gioacchino Lanza Tomasi. 1. ed. rev. e ampl. conforme os manuscritos originais. In: *Impronte*. Milão: Feltrinelli, 1988.

TORRETTA, fragmento, duas folhas manuscritas, 1956.

A releitura levou a uma importante revisão do encadeamento dos diversos fragmentos e a retificações faltantes.

A ALEGRIA E A LEI

Introdução do editor

O segundo escrito incluído nos *Contos* foi redigido depois de *O Leopardo*. O romance fora recusado pela editora Mondadori, mas Giuseppe já exercia a profissão de escritor e nela continuaria até a morte. No final de 1956, Giuseppe leu para o seu estreito círculo de conhecidos esta breve novela natalina. Em seu legado literário, "A alegria e a lei" é a obra menos interessante; poderia ser definida um exercício no rastro de Pirandello e de Tchékhov. Considero ser esse o motivo pelo qual a novela foi excluída da primeira edição inglesa de *Os contos*, *Two Stories and a Memory* (1962), tradução de Archibald Colquhoun com uma interessante introdução sua. O texto deste e os dos dois outros escritos que junto às *Recordações de infância* estão reunidos no volume *Os contos*, Giorgio Bassani os recebeu num datiloscrito que chegou até nós,* provavelmente redigido por Olga Biancheri. Para a presente edição, portanto, apresen-

* O datiloscrito contém vários erros evidentes que não se encontram na edição impressa. Só algumas vezes retifica o texto impresso. Não é possível, portanto,

tamos apenas duas correções que integram aquelas já presentes na edição de 1988.

G. L. T.

---

estabelecer a superioridade do datiloscrito em relação às edições impressas. A presente edição escolhe as versões mais coerentes de cada uma das duas fontes.

A alegria e a lei

Quando subiu no ônibus incomodou a todos. A pasta apinhada de folhas alheias, o enorme pacote que fazia seu braço esquerdo arquear, o cachecol felpudo cinza, o guarda-chuva a ponto de se abrir, tudo tornava-lhe difícil a exibição da passagem de volta; foi obrigado a apoiar o pacotão na mesinha do cobrador, provocou um desmoronamento imponderável de moedinhas, tentou abaixar-se para apanhá-las, suscitou as reclamações dos que estavam atrás dele e aos quais sua demora incutia o pânico de ter a ponta do casaco presa na porta automática. Conseguiu inserir-se na fila de pessoas agarradas nos corrimãos; era esguio de corpo, mas seu enfardamento conferia-lhe a cubagem de uma freira inchada por sete saias. Enquanto deslizava na lama através do miserável caos do trânsito, a inoportunidade do seu tamanho disseminou o descontentamento do início ao fim do veículo; pisou em pés, pisaram nos seus, motivou repreensões e quando até ouviu, atrás de si, três sílabas que aludiam aos seus supostos infortúnios conjugais,* a

* Chi-fru-do.

honra impôs-lhe virar a cabeça e teve a ilusão de haver posto uma ameaça na expressão esgotada dos olhos.

Entrementes, percorriam-se ruas nas quais as fachadas de um barroco rústico escondiam um antecedente abjeto que, aliás, conseguia aparecer a cada esquina; desfilaram diante das luzes amareladas das lojas octogenárias.

Chegando ao seu ponto, tocou a campainha, desceu, tropeçou no guarda-chuva, deu por si finalmente isolado no seu metro quadrado de calçada desconjuntada; apressou-se em constatar a presença da carteira de plástico. E foi livre para saborear a própria felicidade.

Fechadas na carteira havia trinta e sete mil, duzentas e quarenta e cinco liras, o "décimo terceiro" recebido uma hora antes, que significavam a ausência de muitos espinhos: o do proprietário da casa, tanto mais insistente na medida em que estava congelado* e ao qual devia dois trimestres de aluguel; o do pontualíssimo cobrador das prestações do casaco de "lapin" da esposa ("Fica muito melhor do que um casaco longo, querida, te emagrece"); o das caras feias do peixeiro e do verdureiro. Aquelas quatro notas graúdas também eliminavam o receio da conta de luz seguinte, os olhares afanosos aos sapatinhos das crianças, a observação ansiosa do tremular das chamas do gás líquido; decerto não representavam a opulência, não mesmo, mas prometiam uma pausa da angústia, o que é a verdadeira alegria dos pobres; e quem sabe um par de milhares de liras não sobreviveria um instante para consumir-se depois no fulgor do almoço de Natal.

Mas "décimos terceiros" ele já recebera muitos para poder atribuir à hilaridade fugaz que eles produziam a euforia, que agora o fazia levitar, rósea. Rósea, sim, rósea como o invólucro do peso

* O aluguel congelado foi, por meio século, um espinho no pé das propriedades imobiliárias do pós-guerra. Proibia a adequação da cota à desvalorização.

suave que adormecia seu braço esquerdo. Ela brotava exatamente para fora do panetone de sete quilos que trouxera do escritório. Não que ele fosse louco por aquela mistura, tão garantida quanto duvidosa, de farinha, açúcar, ovos em pó e uva-passa. Aliás, bem no fundo, não gostava. Mas sete quilos de artigo de luxo de uma só vez! Uma circunscrita mas vasta abundância numa casa em que a comida entrava de cem em cem gramas e de meio em meio litro! Um produto ilustre numa despensa devotada aos rótulos de terceira categoria! Que alegria para Maria! Que gritaria para as crianças que durante duas semanas percorreriam aquele faroeste inexplorado, uma merenda!

Essas, porém, eram as alegrias dos outros, alegrias materiais feitas de aroma de baunilha e de papelão colorido, panetones, enfim. Sua felicidade pessoal era bem diferente, uma felicidade espiritual, misto de orgulho e de ternura; sim, senhores, espiritual.

Quando pouco antes o Comendador que dirigia seu escritório distribuíra contracheques e votos natalinos com a arrogante bonomia do velho hierarca que era, também dissera que o panetone de sete quilos que a Grande Empresa Produtora tinha enviado como presente ao escritório, teria sido destinado ao funcionário mais merecedor e, portanto, ele pedia aos caros colaboradores que democraticamente (disse exatamente assim) designassem o sortudo, naquele mesmo instante.

O panetone, enquanto isso, estava ali, no centro da escrivaninha, pesado, hermeticamente fechado, "carregado de presságios" como o próprio Comendador teria dito vinte anos antes, fardado de fascista. Entre os colegas correram risadinhas e cochichos; depois todos, e o Diretor em primeiro lugar, gritaram seu nome. Uma grande satisfação, uma segurança da continuidade do emprego, um triunfo, para ser breve; e nada, depois, valera para abalar aquela sensação tonificante, nem as trezentas liras que tivera que pagar ao "bar" de baixo, na dúplice lividez do pôr do sol turbulento e do neon de baixa tensão, quando havia oferecido café aos amigos, nem o peso do butim, nem os palavrões ouvidos no ônibus; nada, nem sequer o relampejar nas profundezas de sua consciência de que se tratara de um instante de desdenhosa piedade pelo mais necessitado dentre os funcionários; era realmente pobre demais para permitir que a erva daninha do orgulho brotasse onde não devia.

Dirigiu-se à sua casa através de uma rua decrépita, cujos bombardeios quinze anos antes lhe tinham dado os últimos retoques. Chegou à pracinha espectral no fundo da qual estava encolhido o prédio fantasmal.

Mas cumprimentou garboso o porteiro Cosimo que o desprezava porque sabia que recebia um salário inferior ao seu. Nove degraus, três degraus, nove degraus: o andar onde morava o cavaleiro Tizio. Blergh! Tinha um Fiat 1100, é verdade, mas também uma mulher feia, velha e mal-educada. Nove degraus, três degraus, um escorregão, nove degraus: a residência do dr. Sempronio: pior ainda! Um filho vadio louco por Lambretas e Vespas, e depois a sala de espera sempre vazia. Nove degraus, três degraus, nove degraus: seu apartamento, a modesta residência de um homem benquisto, honesto, premiado, de um contador excepcional.

Abriu a porta, penetrou no hall exíguo já tomado pelo cheiro de cebola refogada; sobre uma arca grande como um cesto depositou o pesadíssimo pacote, a pasta grávida de interesses alheios, o cachecol volumoso. Sua voz ecoou: "Maria! Vem logo! Vem ver que beleza!".

A mulher saiu da cozinha, num roupão celeste marcado pela fuligem das panelas, com as pequenas mãos avermelhadas graças à lavagem da louça apoiadas sobre o ventre deformado pelos partos. Os meninos com o nariz escorrendo se apertavam ao redor do monumento róseo, cacarejavam sem ousar tocá-lo.

"Muito bem! E o salário, você trouxe? Não tenho mais um centavo, eu." "Aqui está, querida, fico apenas com os trocados, duzentas e quarenta e cinco liras. Mas olhe que fartura!"

Havia sido bonitinha, Maria, e até alguns anos antes tivera um rostinho arguto, iluminado pelos olhos manhosos. Agora as brigas com os comerciantes enrouqueceram sua voz, as comidas ruins estragaram sua cútis, o escrutinar incessante de um porvir carregado de nevoeiro e de penedos apagara o brilho dos seus olhos. Nela sobrevivia apenas uma alma santa, portanto inflexível e destituída de ternura, uma bondade profunda obrigada a se expressar com recriminações e proibições; e também um orgulho de casta mortificado porém tenaz por ser sobrinha de um chapeleiro da Via Indipendenza e desprezar as não homólogas origens do seu Girolamo, o qual ainda assim adorava como se adora uma criança tola mas querida.

O olhar dela deslizou indiferente sobre a caixa decorada. "Muito bem. Amanhã vamos mandá-lo para o advogado Risma, a quem somos muito gratos."

O advogado, havia dois anos, encarregara-o de um complicado trabalho contábil, e, além de tê-lo remunerado, convidara ambos para almoçar no seu apartamento abstracionista e metálico onde o contador sofrera como um cão por causa dos sapatos comprados para a ocasião. E agora, por isso, para esse bacharel que não precisava de nada, a sua Maria, o seu Andrea, o seu Saverio, a pequena Giuseppina, ele mesmo, tinham de renunciar ao único filão de abundância conseguido em tantos anos!

Correu até a cozinha, pegou a faca e pôs-se a cortar os fios dourados com que uma hábil operária milanesa tinha dado um belo nó em volta do pacote; mas uma mão avermelhada tocou cansada suas costas: "Girolamo, não seja criança. Você sabe que temos de nos desobrigar com Risma".

Falava a Lei. A Lei emanada dos chapeleiros virtuosos.

"Minha querida, esse é um prêmio, um atestado de mérito, uma prova de consideração!"

"Deixe para lá. Gente boa, esses seus colegas de sentimentos delicados! Girì, nada mais que uma esmola." Chamava-o pelo velho nome de carinho, sorria para ele com os olhos nos quais só ele podia localizar os antigos encantos.

"Amanhã você comprará outro panetone, pequenino, para nós será o suficiente. E quatro daquelas velas vermelhas retorcidas que estão expostas na Standa;* assim será uma grande festa."

No dia seguinte, de fato, ele comprou um panetone pequenino e anônimo, não quatro, mas duas daquelas velas espantosas e, por meio de uma agência, mandou o mastodonte ao advogado Risma, o que lhe custou duzentas liras.

Depois do Natal, aliás, foi obrigado a comprar um terceiro doce que, mimetizado em fatias, teve de levar aos colegas que gozavam dele porque não lhes dera sequer uma migalha da suntuosa presa.

Uma cortina de fumaça caiu, a seguir, sobre a sorte do panetone primigênio.

Dirigiu-se à agência Relâmpago para reclamar. Foi-lhe mostrado com desprezo o registro dos recibos que o empregado do advogado assinara do lado errado. Após o Dia de Reis, porém, chegou um cartão de visita "com vivíssimos agradecimentos e votos".

A honra fora salva.

* Tradicional rede de lojas de departamento e supermercado que viria a encerrar suas atividades em 2002. (N. T.)

A SEREIA

Introdução do editor

Ao findar o ano de 1956, Giuseppe Tomasi di Lampedusa acreditou haver terminado o trabalho em *O Leopardo*. Após a recusa da editora Mondadori, o escritor olhava para a própria obra sem a ânsia febril que acompanhara sua composição. Lampedusa enviara o texto à editora à medida que dava seguimento à escritura: em junho de 1956 entregara um original datiloscrito em quatro partes, depois decidiu expandir a estada dos Salina em Donnafugata; inicialmente a segunda parte se desdobra e, enfim, articula-se na segunda, terceira e quarta partes do romance. O segundo datiloscrito que chegará à Mondadori no começo do outono, articula-se, portanto, em seis partes das oito que comporão o romance definitivo. Esse romance em seis partes provavelmente não foi sequer levado em consideração. O juízo já fora dado e a máquina editorial não mudou de opinião.* No outono de 1956 Lampedusa havia escrito mais duas partes, que

* A análise mais cuidadosa do caso editorial do romance encontra-se em Gian Carlo Ferretti, *La lunga corsa del Gattopardo*, Milão, 2008.

no manuscrito se intitulam "Le vacanze di padre Pirrone" [As férias do padre Pirrone] e "Una serata in società" [Uma noitada em sociedade]. Nos primeiros meses de 1957, quando ele transcreverá todo o romance num manuscrito, "Una serata in società" será renomeada "Il ballo" [O baile]. "A feliz anexação", como a define com um lapso Chevalley di Monterzuolo, já é fato consumado. Padre Pirrone dirige-se a San Cono, seu povoado natal. O príncipe fora obrigado a desenrascar os problemas sentimentais e dinásticos do sobrinho Tancredi, o jesuíta tem de enfrentar os mesmos problemas transferidos ao mundo rústico, do qual o seminário o salvara.

Os impostos assolavam o novo reino. Os pobres sofriam mais do que antes. Saverio Pirrone reflete, em longo solilóquio, sobre o destino irremediável do homem; sua jornada campesina se encerra com a observação: "Os grandes senhores eram reservados e incompreensíveis, os camponeses explícitos e claros, mas o Demônio os girava ao redor do dedo mínimo igualmente".

Lampedusa recorre aos modelos literários do disfarce: a reprodução da comédia dos grandes no mundo dos humildes — Dom Quixote e Sancho Pança, Don Giovanni e Leporello. As duas últimas partes (V e VI) a entrar em O *Leopardo* completo — o autor nunca conseguirá submetê-lo a um editor — giram a faca na chaga da revolução traída. Nas palavras do padre Pirrone e do coronel Pallavicini, a solução política anda sobre um plano inclinado. O ensaio pode se refugiar apenas nas *Soledades*,* buscar conforto na evasão especulativa.

* As *Soledades* (1613) de Luis de Góngora. Lampedusa era louco por elas. Tinha-as lido antes de meu pseudocurso de espanhol. As *Soledades* circulavam na edição bilíngue com o texto original da Principato, Messina-Milão, 1944, com revisão e prefácio de Bernardo Sanvisenti. Quando lemos juntos o teatro de Lope, Lampedusa lembrava os cotejos Góngora-Lope propostos por Sanvisenti. O curso de espanhol consistia em leituras do Siglo de Oro nas edições da Aguilar.

Nos primeiros meses de 1957, Lampedusa torna a copiar o texto num grande caderno. O trabalho está concluído e ele o entrega ao filho adotivo. Numa carta-testamento, indicará essa cópia como o texto definitivo, e o confia aos herdeiros para a publicação, "mas não às próprias custas".

A busca pelo editor encerrara-se com uma decepção ardente. Mas Lampedusa havia encontrado sua razão de ser: não podia abrir mão do prazer da escrita, a única coisa que no início da velhice — segundo seu cálculo das idades do homem — tinha alegrado uma vida solitária, frequentemente cinza, às raias da depressão. Recomeçou a escrever. Primeiro fruto, uma novela natalina, "La gioia e la legge" [A alegria e a lei], composta em dezembro de 1956, e a seguir "Lighea" [Ligeia] — acredito ser esse o título que ele teria preferido. A novela foi publicada com o título de *La Sirena* [A Sereia], e depois que Marguerite Yourcenar afirmou: "*La Sirène est plus vraie que toutes celles de 'la littératura*'",* a "pequena fera lasciva" representa um vértice num âmbito particular da literatura visionária. Esse texto, tão sutilmente passional quanto aparentemente contido, segundo a poética de um autor conciso que não sabia se eximir da violência interna, estava pronto no final de janeiro de 1957 — o último ano de sua vida.

Lampedusa afirmava que toda obra primeiro se baseia necessariamente em experiências autobiográficas — era um saint-beuviano ferrenho — e, nesse caso, ainda mais do que em O

Sempre de Góngora, o Romancillo XLIX — junto a outros Romancillos e aos sonetos — em sua opinião devia ser incluído entre os textos sublimes. A seguir a primeira e a última estância: "*La mas bella niña/ de nuestro lugar,/ hoy viuda y sola/ y ayer por casar,/ viendo que sus ojos/ a la guerra van,/ a su madre dice/ que escucha su mal:/ Dejadme llorar/ orillas del mar.// Váyanse las noches,/ pues ido se han/ los ojos que hacían/ los míos velar;/ váyanse, y no vean/ tanta soledad/ después que en mi lecho/ sobra la mitad./ Dejadme llorar,/ orillas del mar*".

* "A Sereia é mais verdadeira que todas aquelas da literatura", em francês. (N. T.)

Leopardo, o conto está arraigado na memória da juventude ainda surpreendentemente ativa nas profundezas da psique e da experiência. Era a memória do eros e ao mesmo tempo da morte.

Ao eclodir a guerra de 1915-18, Giuseppe alistara-se entre os voluntários de um ano. Um curso de alunos oficiais caracterizado por uma pista preferencial. O serviço militar foi cumprido em Messina e ali ele conheceu Enrico Cardile, instrutor do curso e literato. Em 1917 Cardile escreverá uma *Ode em memória do subtenente Tomasi*. Durante a avançada austríaca rumo a Caporetto, o destacamento em que o jovem oficial prestava serviço foi atropelado pelos austríacos e não se teve mais notícia do futuro escritor. Segundo as pesquisas de Cettina Voza,* Cardile apresentou a Lampedusa o helenista Giulio Emanuele Rizzo, em quem deveria se identificar o professor La Ciura da novela. Cardile e Rizzo eram amigos, e a descrição da baía próxima de Punta Izzo é tão detalhada a ponto de tornar inegável uma recordação da costa entre Augusta e Siracusa por parte do jovem aluno oficial. Memória realmente indelével do lugar que permaneceu ligada aos interlocutores cultos que ali o guiaram, e ao redor da qual se desencadeia a construção fantástica do conto maravilhoso.

O desabrochar da escrita em idade avançada deu a Lampedusa a oportunidade de angariar um depósito de associações sensíveis disseminadas num período de quarenta anos. Esse traço confere à sua escrita o particular alento emotivo de afetos e paixões, distantes no tempo, que flutuam num espaço da memória sem abscissas e ordenadas; os dados históricos, como no sonho, se percebem na carga emotiva e, portanto, atemporal. A memó-

* Cettina Vozza, *Toccare il mito nel greco mare*, Siracusa, 2000.

ria de infância de Rousseau e Goethe conta com os temas mais persuasivos da revelação artística. Sua meta é reunir passado e presente. Sua técnica preferida é a subtração, a redução do complexo ao simples, o retorno à grande mãe. Seu carisma é intenso e persuasivo, fabuloso como uma canção de ninar. Cristo havia exortado a levar em consideração os pobres de espírito. No fundo antropológico da Rússia dos humildes, o *Inocente* abrira caminho. O quadro de uma sociedade iníqua aquieta-se no final de *Os irmãos Karamázov*. Aliócha oficia o sepultamento de Iliúcha. A crosta do pão é esmigalhada sobre a tumba do defunto: "[...] para que os pássaros voem sobre ela: ouvirei que terão vindo e ficarei feliz por não estar só".

Em 1925 Lampedusa desembarca em Londres. Descreverá o evento a Massimo Erede como o início de uma nova vida.* No jovem solitário aumenta o orgulho da identidade. No crucial colóquio com Chevalley di Monterzuolo, Fabrizio Corbera relata a ele sua resposta à pergunta de um oficial inglês que lhe indagara o que os voluntários foram fazer na Sicília: "*They are coming to teach us good manners, but won't succeed because we are gods*" ["Vêm para nos ensinar boas maneiras, mas não terão sucesso porque nós somos deuses"]. Nessa caça aos deuses da Sicília, Lampedusa recordará expressamente Pirandello e Ettore Majorana. Encontrará o primeiro muitas vezes em Londres e fala dele como do homem mais inteligente que já conheceu. O segundo aparece numa carta à mulher.** Os cônjuges acompanharam o processo em que um tio do cientista fora acusado.

* Carta a Massimo Erede, de Londres, 29 mar. 1925 e seguintes. Ver Giuseppe Tomasi di Lampedusa, *Letters from London and Europe*, Londres, 2011.
** Carta a Alessandra Wolff, de Londres, 18 maio 1932.

Majorana abandonara os estudos e a pesquisa para cuidar dele pessoalmente e Lampedusa se alegra pelos últimos desdobramentos, dos quais se pode prever uma absolvição próxima. Como observou Silvano Nigro em seu *Il principe fulvo*,* 1938 é um ano crucial no crescimento de Lampedusa. É o ano das leis raciais e do desaparecimento de Majorana. Também é o ano do desaparecimento de La Ciura, como Majorana sumido no mar na viagem para Nápoles.

"Já imaginou como se faz amor com uma sereia?", disse-me uma vez Licy Lampedusa, olhando-me com os olhos agudos da psicanalista: o olhar satisfeito de quem sabe tudo aquilo que o interlocutor não sabe. "E lembra daquele trecho de *O Leopardo*, quando o Príncipe demora a contemplar os glúteos de Anfitrite?" Em sua voz se exprimia o pesar em relação a um cônjuge que se recusara à análise e em cujos escritos, a posteriori, descobria indícios de pulsões, talvez experimentadas ou apenas vislumbradas, talvez apenas suspeitadas por seu zelo analítico.

Não último motivo de fascínio do conto é a fogosidade de um erotismo cósmico, no qual a mitologia antiga repercorre a unidade entre eros e natureza divina que o cristianismo eliminou.

Esse rastro permanecia poderoso em Lampedusa, e provavelmente ligado a uma memória juvenil da costa jônica. Em 1955 visitamos juntos o museu de Agrigento, e diante das esculturas arcaicas de barba pontuda, de sorriso ligeiramente sarcástico, imperturbável, comentou consigo mesmo: "A verdade, talvez, estivesse do lado deles".

Experiências que poderiam estar em cada um de nós, traduziam-se em seus escritos em ofuscantes epifanias. O conto mara-

* Salvatore Silvano Nigro, *Il principe fulvo*, Palermo, 2012.

vilhoso ou é aceito ou é refutado. Acontece também no melhor D'Annunzio, um autor — apesar de todo o *dépouillement*, a declarada paixão de Lampedusa pela língua stendhaliana do *Code civil* — profundamente arraigado em seu coração.

Os verdadeiros poetas amam ouvir a si mesmos. Piccolo e Lampedusa eram apaixonados pela recitação poética e pela leitura em voz alta. Resultava daí uma ressonância pessoal dos textos ao se ligarem ao fluxo da memória.

Foi o próprio Lampedusa que, depois de, em virtude de meu aniversário, em 11 de fevereiro de 1957, minha namorada Mirella Radice me dar de presente um gravador Grundig, pediu-me para gravar o conto. No final de fevereiro passamos algumas horas em meu quarto no segundo andar do palácio Mazzarino.

Giuseppe lia de um manuscrito, com o sotaque palermitano da geração passada, que hoje quase desapareceu. E lia com intenção. A um leitor atento não escapariam as tramas caladas. O escritor tinha em comum com o primo Lucio Piccolo o gosto pela leitura-recitação. Em Capo d'Orlando os primos competiam em leituras poéticas e citações. As leituras de *O Leopardo*, parte após parte na época da composição, assim como a das novelas, davam ao autor o prazer de medir-se à página fresca, com um pequeno auditório. O confronto, mais que qualquer outra coisa, era destinado a verificar a fidelidade da ambientação, o quanto um ouvinte siciliano poderia encontrar-se na história. O escritor também tivera como apreciar o silêncio admirado que acompanhara a leitura do trecho em que o príncipe de Salina entra no reino da maioria, *der stille Beifall* a que Mozart se refere a propósito das primeiras execuções da *Zauberflöte*.* O mesmo resultado produziu a leitura do verão de Sasà La Ciura em Punta Izzo. Nem faltava ao Nosso uma recuperação cáustica da tentação de ceder ao sentimento. "Não gostaria de parecer o velho rei de Tule", disse uma vez, "aquele verso *Die Augen gingen ihm über*,** num contexto, aliás, sublime, é um traço tipo Bebbuzo, recorda suas 'toneladas de música'." Assim, punha-se a si mesmo em guarda contra a tentação das lágrimas à qual cedera o pobre rei nórdico, dava uma lição de comportamento a Goethe e burlava o bom amigo Bebbuzzo Sgadari, que era um cultor do extravasamento sentimental e disseminava suas resenhas musicais no *Giornale di Sicilia* com "toneladas de música" e "toneladas de sentimento". A leitura revela correlações entre memórias subterrâneas, ao menos para quem, como eu, recorda outras leituras e outras manifestações. As nádegas de Anfitrite que fascinam o príncipe de Salina na fonte do jardim em Santa Margherita ligam-se, na nostalgia erótica, aos glúteos da sereia. *Já imaginou como se faz amor com uma sereia?*

A *ars oratoria* de Lampedusa é extremamente distante da retórica fóssil. Narra do tempo mítico, quando os deuses falavam aos homens, o pecado original não era o antecedente criminal na origem da nossa espécie. Na palavra do príncipe sopra o re-

* "A Konstanze em Baden próximo a Viena (Viena, 7 e 8 out. 1791). Retorno exatamente agora da obra — O teatro, como sempre, estava cheio — O dueto Homem e Mulher etc. e o Carillon do primeiro ato foi, como sempre, bisado — Também no segundo ato o terceto dos Gênios — O que me alegra mais que qualquer outra coisa é o consenso silencioso."

** "Vieram-lhe lágrimas aos olhos." Um verso de *Der König in Thule* de Goethe. A balada é de 1774, dezessete anos antes de *Zauberflöte*. Como dizia Giuseppe: eram os mais altos tempos da civilização humana.

torno à grande mãe. O texto revela-se uma experiência arrebatadora de iniciação. A onda de choque do conto anseia a epifania. Roça-nos a dúvida sobre o desaparecimento "dos deuses falsos e mentirosos". Ouvindo Ligeia poderíamos ser surpreendidos por confrontos desagradáveis. Talvez a sociedade italiana seja a mais descristianizada do Ocidente. À nossa volta as massas, e não apenas, aliviam as próprias feridas com *Un posto al sole* e *L'isola dei famosi*.* Aquele Caribe violado, reduzido a exemplo máximo de uma língua leviana que reflete abordagens de "tétrico cio animal", como comentaria o senador professor Sasà La Ciura. E exemplos de condutas pouco heroicas, celebradas no naufrágio do Giglio.** É uma corrupção pública disseminada na classe dirigente, muito maior do que aquela corrente nas outras democracias ocidentais. E é coisa antiga. As grandes obras públicas na época de Francesco Crispi eram em geral associadas a aberturas de crédito, na disponibilidade de Umberto I. O escritor não era brando com a nova dinastia, não o fora sequer com a anterior. Em sua conversação aparecia, às vezes, o escândalo do Banco Romano, incluso o fato de que o governo tornara secretos os atos da comissão de inquérito, e não era mistério que isso, provavelmente, se devia a um envolvimento do rei. E lembro também como certa vez, para indicar a arrogância do parlamento de generais do Piemonte, contava que num inquérito no qual esteve envolvido um membro secundário da dinastia, a comissão se

* *Un posto al sole* (Um lugar ao sol) é uma novela italiana transmitida pela emissora Rai 3 desde 1996. Ambientada em Nápoles, é a primeira novela inteiramente produzida no país e já superou a marca de 5500 episódios. *L'isola dei famosi* (A ilha dos famosos) é a versão italiana do reality show *Celebrity Survivor*, cuja primeira temporada foi ao ar em 2003. (N. T.)

** O autor refere-se aqui ao famoso naufrágio do navio *Costa Concordia* — sob a liderança do comandante Francesco Schettino — na ilha do Giglio. Ocorrido em 2012, foi um dos mais graves naufrágios da história da Itália. (N. T.)

expressara por dois possíveis motivos de culpa: o interesse pessoal ou uma fragilidade homossexual. E mencionava a resposta dada em nome do líder da direita, um general piemontês, justamente: "*Noi siamo per il culo*".* As *wicked jokes* da sua conversação eram inesgotáveis. E com a voz mimava sutilmente o constrangimento do general ao declarar a escolha mais honrosa para a dinastia. Ainda assim, tenho certeza de que faria a escolha legitimista, mesmo que tivesse se comportado com mais garbo, deixando transparecer, sob uma máscara irônica, a perplexidade de ter de evitar, para um Savoia, a infâmia de ladrão.

G. L. T.

* "Somos partidários do cu." (N. T.)

A Sereia

No final do outono daquele ano de 1938, encontrava-me em plena crise de misantropia. Morava em Turim e a "tota"* nº 1, remexendo nos meus bolsos à procura de alguma nota de cinquenta liras, tinha, enquanto eu dormia, descoberto também uma cartinha da "tota" nº 2 que, mesmo com erros ortográficos, não deixava dúvidas acerca da natureza de nossas relações.

Meu despertar fora imediato e tempestuoso. O apartamentozinho da Via Peyron ecoou de fúrias vernáculas; para arrancar meus olhos, também foi feita uma tentativa que só pude tornar nula torcendo um pouco o pulso esquerdo da querida menina. Essa ação de defesa, plenamente justificada, pôs fim à cena, mas também ao idílio. A garota vestiu-se apressada, enfiou na bolsa a esponja de maquiagem, batom, lencinho, a nota de cinquenta liras "causadora de tantos males", jogou na minha cara um tríplice "porcão!" e foi-se embora. Nunca havia sido tão amável

* "Senhorita", em piemontês. (N. T.)

como naqueles quinze minutos de fúria. Pela janela, eu a vi sair e afastar-se na nevoazinha da manhã, alta, delgada, enfeitada de elegância reconquistada.

Nunca mais a vi como nunca mais revi um pullover de cashmere preto que me custara os olhos da cara e que tinha o funesto mérito de um formato útil tanto para homens como para mulheres. Ela deixou apenas, sobre a cama, dois daqueles grampos de cabelo retorcidos, ditos "invisíveis".

Na mesma tarde eu tinha um encontro marcado com a nº 2 numa doceria na Piazza Carlo Felice. Na mesinha redonda do canto oeste da segunda sala que era a "nossa", não vi as madeixas castanhas da garota, desejada mais do que nunca, mas a cara espertalhona de Tonino, um irmão dela de doze anos que acabara de engolir um chocolate com chantilly duplo. Quando me aproximei, levantou-se com a costumeira urbanidade turinesa. "Monsù",* disse-me, "a Pinotta não virá; disse-me para lhe entregar esse bilhete. Tchau, monsù." Saiu levando consigo dois brioches que restavam no prato. Com o cartãozinho cor de marfim, eu era notificado de uma despedida absoluta, motivada pela minha infâmia e "desonestidade meridional". Estava claro que a nº 1 localizara e incitara a nº 2 e que eu ficara sentado entre duas cadeiras.

Em doze horas havia perdido duas moças utilmente complementares entre si, mais um pullover de que eu gostava; tive também de pagar a consumação do endiabrado Tonino. Meu sicilianíssimo amor-próprio estava humilhado; fui feito de tolo; e decidi abandonar por algum tempo o mundo e suas pompas.

Para esse período de retiro não se podia encontrar um local mais apropriado do que aquele café da Via Po aonde agora, sozi-

* "Senhor", em piemontês. (N. T.)

nho feito um cachorro, ia em todos os momentos livres e, sempre, à noitinha depois do meu trabalho no jornal. Era uma espécie de Hades povoado de sombras exangues de tenentes-coronéis, magistrados e professores aposentados. Essas vãs aparências jogavam damas ou dominó, mergulhadas numa luz toldada, durante o dia pelos pórticos e pelas nuvens, à noite pelas enormes cúpulas verdes dos lustres; e nunca levantavam a voz, temerosas como eram de que um som demasiado forte causasse o desarranjo da débil trama de sua aparência. Um Limbo adequadíssimo.

Como animal habitudinário que sou, sempre me sentava à mesma mesa de canto, desenhada com primor para oferecer o máximo incômodo possível ao cliente. À minha esquerda, dois espectros de oficiais superiores jogavam tric-trac com duas larvas de conselheiros do tribunal de apelação; os dados militares e judiciários deslizavam átonos para fora do copo de couro. À minha direita sentava-se sempre um senhor de idade muito avançada, embrulhado num velho sobretudo, com uma gola de astracã puído. Lia, sem trégua, revistas estrangeiras, fumava charutos toscanos e cuspia com frequência; de vez em quando fechava as revistas, parecia seguir alguma recordação sua nas espirais de fumaça. Depois recomeçava a ler e a cuspir. Tinha mãos horríveis, nodosas, avermelhadas, com as unhas cortadas retas e nem sempre limpas, mas uma vez que numa de suas revistas deu de cara com a fotografia de uma estátua grega arcaica, daquelas com os olhos distantes do nariz e sorriso ambíguo, surpreendi-me vendo que as pontas de seus dedos deformados acariciavam a imagem com uma delicadeza deveras régia. Percebeu que eu o vira, grunhiu de fúria e pediu o segundo café expresso.

Nossas relações teriam permanecido naquele plano de latente hostilidade se não tivesse ocorrido um acidente afortunado. Eu trazia comigo, da redação, cinco ou seis jornais, entre eles, uma vez, o *Giornale di Sicilia*. Eram os anos nos quais o Minculpop[*] era mais cruel, e todos os jornais eram idênticos; aquele número do periódico palermitano era mais banal do que nunca e não se distinguia de um jornal de Milão ou Roma a não ser pela imperfeição tipográfica: minha leitura, portanto, foi breve e logo larguei-o na mesa. Tinha acabado de começar a contemplação de outra encarnação do Minculpop quando meu vizinho me dirigiu a palavra: "Desculpe-me, senhor, eu poderia dar uma olhada nesse seu *Giornale di Sicilia*? Sou siciliano e há vinte anos não me acontecia ver um jornal da minha terra". A voz era extremamente cultivada, o sotaque impecável; os olhos cinza do velho me observavam com profundo distanciamento. "Por favor, fique à vontade. Sabe, também sou siciliano; se quiser, para mim é fácil trazer o jornal toda tarde." "Obrigado, não creio que seja necessário; a minha é uma simples curiosidade física. Se a Sicília ainda é como nos meus tempos, imagino que não aconteça nada de bom por lá, como há três mil anos."

Deu uma passada de olhos no jornal, dobrou-o, devolveu-me e mergulhou na leitura de um opúsculo. Quando foi embora, queria evidentemente escapar sem cumprimentar, mas eu me levantei e me apresentei; murmurou entre os dentes seu nome, que não compreendi; mas não me estendeu a mão; à soleira do café, porém, virou-se, tirou o chapéu e gritou forte: "Tchau, paisano". Desapareceu debaixo dos pórticos deixando-me perplexo e provocando gemidos de desaprovação entre as sombras que jogavam.

Executei os ritos mágicos destinados a fazer um garçom se materializar e perguntei-lhe, mostrando a mesa vazia: "Quem era aquele senhor?". "Aquele", respondeu. "Aquele é o senador Rosario La Ciura."

[*] Ministério da Cultura Popular: tinha o controle sobre a informação, geria a censura e a difusão da propaganda do regime.

O nome também dizia muito sobre minha cultura jornalística cheia de lacunas: aquele era um dos cinco ou seis italianos que possuem uma reputação universal e inquestionável, aquele era o mais ilustre helenista de nossos tempos. Compreendi as corpulentas revistas e a gravura acariciada; também a rabugice e também o refinamento oculto.

No dia seguinte, no jornal, fucei aquele fichário singular que contém os necrológios ainda pendentes. A ficha "La Ciura" estava lá, redigida de maneira passável, ao menos uma vez. Ali se dizia que o grande homem nascera em Aci Castello (Catânia) numa família pobre da pequena burguesia, como graças a uma surpreendente capacidade para o estudo do grego e à força de bolsas de estudo e publicações eruditas, conseguira, aos vinte e sete anos, a cátedra de Literatura Grega na Universidade de Pavia; que, depois, fora chamado para a de Turim, onde permanecera até cumprir o limite de idade; ministrara alguns cursos em Oxford e em Tübingen e fizera muitas viagens, até longas, porque, senador pré-fascista e acadêmico dos Lincei, também era doutor honoris causa em Yale, Harvard, Nova Déli e Tóquio e além disso, é óbvio, das mais ilustres universidades europeias de Uppsala a Salamanca. A lista de suas publicações era longuíssima, e muitas de suas obras, especialmente sobre os dialetos jônicos, eram consideradas fundamentais; basta dizer que fora o único estrangeiro a receber o encargo de organizar a edição teubneriana de Hesíodo, para a qual escrevera uma introdução latina de insuperável profundidade científica; enfim, glória máxima, não era membro da Academia da Itália.* Aquilo que sempre o distinguira dos outros também eruditíssimos colegas era o senso vivaz, quase carnal, da Antiguidade clássica e isso se

* Fundada pelo regime em 1926. Seus componentes eram escolhidos entre os estudiosos simpatizantes do fascismo.

manifestara numa coletânea de ensaios italianos, *Homens e deuses*, que fora apontada não apenas como obra de alta erudição mas de poesia viva. Enfim, era "a honra de uma nação e um farol para todas as culturas", assim concluía o compilador da ficha. Tinha setenta e cinco anos e vivia distante da opulência, mas decorosamente, com sua pensão e a imunidade parlamentar. Era solteiro.

Não adianta negar: nós, italianos, filhos (ou pais) legítimos do Renascimento, consideramos o Grande humanista superior a qualquer outro ser humano. A possibilidade de eu me encontrar, agora, na proximidade cotidiana do mais alto representante dessa sabedoria delicada, quase necromântica e pouco rentável, me lisonjeava e perturbava, eu experienciava as mesmas sensações de um jovem norte-americano apresentado ao sr. Gillette;* receio, respeito e uma forma particular de inveja isenta de mesquinharia.

À tarde desci ao Limbo com um espírito bem diferente daquele dos dias anteriores. O senador já estava em seu lugar e respondeu ao meu cumprimento reverencial com um burburinho quase imperceptível. Porém, quando acabou de ler um artigo e de completar algumas notas no seu bloquinho, virou-se para mim e com voz estranhamente musical me disse: "Paisano, pelo jeito como me cumprimentou, percebi que alguma dessas larvas aqui lhe disse quem eu sou. Esqueça isso e, se ainda não o fez, também esqueça os aforistas estudados no liceu. Diga-me como se chama, porque ontem à noite você fez a costumeira apresentação balbuciada e eu não tenho, como você, o recurso de per-

* King C. Gillette (1855-1932), empresário e inventor do barbeador de segurança.

guntar seu nome aos outros, porque aqui, certamente, ninguém o conhece".

Falava com distanciamento insolente, percebia-se que eu era para ele ainda menos que uma barata, uma espécie daqueles grãozinhos de poeira em suspensão que giram, sem utilidade, nos raios de sol. Porém, a voz pacata, a palavra precisa, o "você", davam a sensação de serenidade de um diálogo platônico.

"Eu me chamo Paolo Corbera, nasci em Palermo, onde me formei em direito, agora trabalho aqui na redação do *La Stampa*. Para tranquilizá-lo, senador, acrescento que nas provas finais do liceu tirei 'cinco mais' em grego, e que tenho motivos para acreditar que o 'mais' tenha sido acrescentado especificamente para que pudessem me dar o diploma."

Deu um meio-sorriso. "Obrigado por ter me dito isso, melhor assim. Detesto falar com gente que acredita saber mas, ao contrário, ignora, como meus colegas da universidade; bem lá no fundo, só conhecem as formas exteriores do grego, suas excentricidades e disparidades. O espírito vivo dessa língua, tolamente chamada 'morta', não lhes foi revelado. Aliás, nada lhes foi revelado. No mais, pobres coitados: como poderiam perceber esse espírito se nunca tiveram oportunidade de ouvir grego?"

O orgulho, bem, sim, é preferível à falsa modéstia; mas me parecia que o senador exagerava: até me ocorreu a ideia de que os anos tivessem conseguido amolecer bastante aquele cérebro excepcional. Aqueles pobres-diabos dos seus colegas tiveram oportunidade de ouvir o grego antigo exatamente como ele, isto é, nunca.

Ele prosseguia: "Paolo... Tem sorte de haver recebido o mesmo nome do único apóstolo a ter um pouco de cultura e alguma parca noção das belas-letras. Girolamo, porém, teria sido melhor. Os outros nomes que vocês, cristãos, carregam por aí são realmente muito abjetos. Nomes de escravos".

Continuava a decepcionar-me, parecia de fato o habitual acadêmico anticlerical com uma pitada de nietzschianismo fascista. Seria mesmo possível?

Continuava a falar com a fascinante modulação de sua voz e com o ardor de quem, talvez, tivesse estado muito tempo em silêncio. "Corbera... Engano-me ou se trata de um grande nome siciliano? Lembro que meu Pai pagava por nossa casa em Aci Castello uma pequena taxa anual à administração de uma casa Corbera di Palina ou Salina, não me lembro muito bem. Aliás, a cada vez ele brincava e dizia que se no mundo havia algo seguro, era que aquelas poucas liras não teriam ido parar nos bolsos do 'domino diretto',* como ele dizia. Mas você é realmente um daqueles Corbera ou apenas o descendente de algum camponês que assumiu o nome do senhor?"

Confessei que era realmente um Corbera di Salina, aliás, o único exemplar supérstite dessa família: todos os fastos, todos os pecados, todas as taxas imprecisas, todos os pesos não pagos, todas as Leopardarias,** enfim, estavam concentradas apenas em mim. Paradoxalmente o senador pareceu contente.

"Muito bom, muito bom. Tenho muita consideração pelas velhas famílias. Elas possuem uma memória, minúscula, é verdade, mas de todo modo maior que as outras. São o que de melhor vocês podem conseguir em termos de imortalidade física. Procure casar-se logo, Corbera, já que vocês não encontraram nada melhor, para sobreviver, do que dispersar o sêmen de vocês nos lugares mais esquisitos."

* *Domino*, no sentido de " senhor". O personagem quer dizer que certamente o dinheiro não chegaria às mãos do verdadeiro senhor do território. (N. T.)

** Referência a *O Leopardo*, o romance de Lampedusa que marcou certo tipo de comportamento, ante as mudanças históricas, por parte da velha nobreza siciliana. (N. T.)

Decididamente, irritava-me. "Vocês, vocês." Vocês quem? Todo o rebanho ordinário que não tivera a sorte de ser o senador La Ciura? E ele, conseguira a imortalidade física? Não se diria, ao olhar o rosto enrugado, o corpo pesado.

"Corbera di Salina", continuava impassível. "Não se ofende se continuo a tratá-lo por 'você' como a um dos meus estudantezinhos que por um instante são jovens?"

Declarei-me não apenas honrado, mas feliz, como de fato estava. Superadas, enfim, as questões de nome e protocolo, falou-se da Sicília. Fazia vinte anos que ele não punha os pés ali e da última vez que estivera lá embaixo (assim dizia à maneira piemontesa) ficara apenas cinco dias, em Siracusa, para discutir com Paolo Orsi* algumas questões quanto ao alternar dos semicoros nas representações clássicas. "Lembro que quiseram me levar de carro de Catânia até Siracusa; aceitei somente quando fiquei sabendo que em Augusta a estrada passa longe do mar, ao passo que a ferrovia é litorânea. Conte-me de nossa ilha; é uma bela terra, embora povoada de asnos. Os Deuses residiram ali, talvez nos agostos inesgotáveis ainda residam. Mas não me fale daqueles quatro templos recentíssimos que tem ali, porque você não entende nada, tenho certeza."

Assim falamos da Sicília eterna, daquela Sicília das coisas da natureza, do perfume de alecrim nos Nebrodi, do gosto do mel de Melilli, do ondear das colheitas num dia ventoso de maio como se vê de Enna, da solidão ao redor de Siracusa, das rajadas de perfume derramadas sobre Palermo, como se diz, dos campos de frutas cítricas durante certos crepúsculos de junho. Falamos dos

* Paolo Orsi (1859-1935), grande arqueólogo e classicista. Seu nome foi dado ao museu arqueológico de Siracusa. Foi sob sua sugestão que o conde de Gargallo encarregou o helenista Ettore Romagnolo de dar vida às representações clássicas em 1913.

encantos de certas noites de verão à vista do golfo de Castellammare, quando as estrelas se espelham no mar que dorme e o espírito de quem está deitado de costas nos lentiscos se perde no turbilhão do céu, enquanto o corpo, tenso e em guarda, teme a aproximação dos demônios.

Após uma ausência quase total de cinquenta anos, o senador guardava uma lembrança singularmente precisa de alguns fatos mínimos. "O mar, o mar da Sicília é o mais colorido, o mais aromático de todos os que já vi; será a única coisa que não conseguirão estragar, fora das cidades, claro. Nos restaurantes à beira-mar ainda servem 'rizzi'* espinhosos partidos ao meio?" Tranquilizei-o, mas acrescentando que poucas pessoas comem isso hoje em dia, por medo do tifo. "Mesmo assim são a coisa mais linda que tem lá no Sul, aquelas cartilagens sanguíneas, aqueles simulacros de órgãos femininos, perfumados de sal e de algas. Mas que tifo o quê! Devem ser perigosos como todos os dons do mar, que dá a morte junto com a imortalidade. Em Siracusa, os exigi de Orsi. Que sabor, que aspecto divino! A recordação mais bonita dos meus últimos cinquenta anos!"

Eu estava confuso e fascinado, um homem assim que se entregava a metáforas quase obscenas, que exibia uma gula infantil pelas — afinal medíocres — delícias dos ouriços-do-mar!

Ainda falamos demoradamente, e ele, ao ir embora, fez questão de pagar meu expresso, sem deixar de manifestar sua singular rudeza ("É sabido, esses moços de boa família nunca têm um centavo no bolso"), e nos separamos amigos se não considerarmos os cinquenta anos que dividiam nossas idades e os milhares de anos-luz que separavam nossas culturas.

Continuamos a nos encontrar toda noite e, embora a fumaça do meu furor contra a humanidade começasse a se dissipar,

* Palavra siciliana para "ouriço". (N. T.)

transformava em dever nunca faltar ao encontro com o senador nos Infernos da Via Po; não que se conversasse muito: ele continuava a ler e a tomar notas e só me dirigia a palavra ocasionalmente, mas quando falava era sempre um harmonioso fluir de orgulho e insolência, misto de alusões díspares, com veias de incompreensível poesia. Também continuava a cuspir e acabei notando que o fazia somente enquanto lia.* Acredito que ele também fora acometido por certo afeto por mim, mas não me iludo: se havia afeto não era aquele que um de "nós" (para adotar a terminologia do senador) pode sentir por um ser humano, mas antes era parecido àquele que uma velha solteirona pode provar por seu próprio pintassilgo cuja frivolidade e incompreensibilidade conhece mas cuja existência lhe permite expressar em voz alta as nostalgias com as quais o bichinho nada tem a ver: porém, se ele não existisse, ela perceberia um mal-estar. Comecei a notar, de fato, que quando eu demorava, os olhos altivos do velho estavam cravados na porta de entrada.

Foi necessário cerca de um mês para que das considerações, sempre originalíssimas mas genéricas da parte dele, se passasse aos temas indiscretos que afinal são os únicos a distinguir as conversas entre amigos daquelas entre simples conhecidos. Aquele seu cuspir frequente me incomodava (também incomodara os vigilantes do Hades, que acabaram por colocar, próximo ao lugar dele, uma escarradeira de puríssimo latão) de modo que, uma tarde, ousei perguntar-lhe por que não tratava seu insistente catarro. Fiz a pergunta sem refletir, arrependi-me logo por ter arriscado e esperava que a ira senatorial fizesse desabar os estuques do teto sobre a minha cabeça. Ao contrário, a voz bem timbrada respondeu-me pacata: "Mas, caro Corbera, eu não tenho catarro algum. Você, que observa tão cuidadosamente, deveria ter nota-

* Início da gravação.

do que nunca tusso antes de cuspir. Meu escarro não é sinal de doença, aliás, é sinal de saúde mental: escarro de desgosto pelas idiotices que vou lendo; se quiser se dar ao trabalho de examinar aquele utensílio ali (e mostrava a escarradeira), perceberá que ele guarda pouquíssima saliva e nenhum traço de muco. Minhas cuspidas são simbólicas e altamente culturais; se não lhe agradam, volte aos seus salões natais, onde não se cospe apenas porque não se quer ficar enjoado por nada". A extraordinária insolência era atenuada apenas pelo olhar distante, ainda assim me deu vontade de levantar-me e deixá-lo plantado ali; por sorte tive tempo de refletir que a culpa estava na minha imprudência. Fiquei, e o impassível senador passou de imediato ao contra-ataque. "E afinal, por que você frequenta este Érebo cheio de sombras e, como diz, de catarros, este lugar geométrico de vidas falidas? Em Turim não faltam aquelas criaturas que a vocês parecem tão desejáveis. Um passeio no hotel do Castello, em Rivoli ou em Moncalieri no balneário, e o imundo passatempo-divertimento de vocês se realizaria." Comecei a rir ouvindo de uma boca tão sábia informações tão exatas sobre os locais de prazer em Turim. "Mas como é que conhece esses endereços, senador?" "Conheço-os, Corbera, conheço-os. Ao frequentar os Conselhos Acadêmicos e os Senados políticos aprende-se isso e apenas isso. Mas vai me fazer o favor de estar convencido de que os sórdidos prazeres de vocês nunca foram coisa de Rosario La Ciura." Percebia-se que era verdade: no comportamento, nas palavras do senador, havia o sinal inequivocável (como se dizia em 1938) de uma discrição sexual que nada tinha a ver com a idade. "A verdade, senador, é que eu comecei a vir aqui justamente como num asilo temporário distante do mundo. Tive alguns problemas exatamente com duas dessas moças tão justamente estigmatizadas pelo senhor." A resposta foi fulmínea e impiedosa. "Chifres, hein, Corbera? Ou então doenças?" "Nem uma coisa nem a outra: pior: abandono." E lhe contei os acontecimentos ridículos de dois meses antes. Contei de maneira lépida porque a úlcera do meu amor-próprio cicatrizara, qualquer pessoa que não fosse aquele helenista dos infernos teria zombado de mim ou, excepcionalmente, se compadecido. Mas o temível velho não fez nem uma coisa nem a outra: ao contrário, indignou-se. "É isso que acontece, Corbera, quando as pessoas se acasalam com seres doentes e esquálidos. Diria a mesma coisa, por sinal, às duas sirigaitas falando de você, se eu tivesse o desgosto de encontrá-las." "Doentes, senador? Estavam uma maravilha, as duas: precisava ver como comiam quando almoçávamos no Specchi; esquálidas, então, nem pensar: eram pedaços de mau caminho, magníficas, e elegantes também." O senador sibilou um de seus escarros desdenhosos. "Doentes, eu disse bem, doentes, daqui a cinquenta, sessenta anos, talvez muito antes, vão ter um treco; portanto, são doentes desde já. E também esquálidas: bela elegância, a delas, feita de quinquilharias, de pullovers roubados e de denguices que aprenderam no cinema. Bela generosidade, a delas, de pescar notas ensebadas nos bolsos do amante em lugar de presenteá-lo, como outras fazem, com pérolas rosadas e ramos de coral. Eis o que acontece quando alguém se mete com essas monstrenguinhas maquiadas. E não tinham asco, elas em relação a você, você em relação a elas, de beijocar essas suas futuras carcaças entre lençóis malcheirosos?" Respondi estupidamente: "Mas os lençóis estavam sempre limpíssimos, senador!". Enfureceu-se. "E o que têm a ver os lençóis? O inevitável fedor de cadáver era o de vocês. Repito, como é que consegue cair na gandaia com gente da laia delas, da sua?" Eu que já havia olhado com cobiça uma deliciosa "cousette" de Ventura,* ofendi-me. "Mas, enfim, não dá para ir pra cama apenas com

* Famosa alfaiataria de Turim na época do conto.

Altezas Sereníssimas!" "Mas quem falou de Altezas Sereníssimas? Essas são material de carniça como as outras. Mas isso você, meu jovem, não pode entender, eu é que estou errado em lhe dizer. É fatal que você e suas amigas penetrem nos pântanos mefíticos dos seus prazeres imundos. Pouquíssimos são aqueles que sabem." Com os olhos voltados para o teto começou a sorrir, seu rosto tinha uma expressão arrebatada; a seguir estendeu-me a mão e foi-se embora.

Não apareceu por três dias; no quarto recebi um telefonema na redação. "Monsù Corbera? Sou Bettina, a governanta do senhor senador La Ciura. Ele manda dizer que teve um forte resfriado, que agora está melhor e que quer vê-lo hoje à noite, depois do jantar. Venha à Via Bertola, 18, às nove horas; segundo andar." A comunicação, peremptoriamente interrompida, tornou-se inapelável.

O número 18 da Via Bertola era um velho prédio decaído, mas o apartamento do senador era vasto e bem conservado, suponho que graças às insistências de Bettina. Desde o hall de entrada começava o desfile dos livros, daqueles livros de aspecto modesto e de encadernação econômica de todas as bibliotecas vivas. Havia milhares deles nos três cômodos que atravessei. No quarto, o senador estava sentado envolto num larguíssimo roupão de pelo de camelo, fino e macio como nunca vira. Soube, depois, que não se tratava de camelo, mas da preciosa lã de um animal peruano e que era um presente do Conselho Universitário de Lima. O senador bem que evitou levantar-se quando entrei, mas me acolheu com grande cordialidade, estava melhor, aliás totalmente bem, e contava poder circular novamente assim que a onda de frio, que naqueles dias pesava em Turim, abrandasse. Ofereceu-me um vinho resinoso cipriota, presente do Instituto

Italiano de Atenas, alguns atrozes "lukum" rosa, ofertados pela Missão Arqueológica de Ancara, e alguns doces turineses mais razoáveis, comprados pela previdente Bettina. Estava com um humor tão bom que sorriu bem duas vezes com a boca toda e chegou até a pedir desculpas por suas cenas de cólera no Hades. "Eu sei, Corbera, fui excessivo nos termos, embora, acredite em mim, tenha sido moderado nos conceitos. Não pense mais nisso." Realmente não pensava naquilo, aliás, sentia-me cheio de respeito por aquele velho que eu suspeitava ser muito infeliz, apesar de sua carreira triunfal. Ele devorava os abomináveis "lukum". "Os doces, Corbera, têm de ser doces e só. Se têm também algum outro sabor, são como beijos perversos." Dava bons pedaços a Eaco, um grande boxer que lá entrara a certa altura.

"Esse aí, Corbera, para quem sabe compreendê-lo, assemelha-se mais aos Imortais, apesar da sua feiura, do que às suas namoradinhas." Recusou-se a mostrar-me a biblioteca. "Todas coisas clássicas que não podem interessar alguém como você, moralmente reprovado em grego." Fez-me dar a volta na sala onde estávamos que afinal era seu escritório. Havia poucos livros, e entre eles notei o *Teatro* de Tirso de Molina, a *Undine* de La Motte Fouqué, o drama homônimo de Giraudoux e, para minha surpresa, as obras de H. G. Wells,* mas, em compensação, nas paredes havia enormes fotografias, em tamanho natural, de está-

* Tirso de Molina (1579-1648) exaltou a sereia como animal heráldico; Friedrich de la Motte Fouqué (1777-1843) é o autor do conto "Undine", no qual uma ninfa aquática precisa ser amada por um homem para conseguir a imortalidade (Lampedusa não sabia que nada menos que três óperas líricas, gênero malvisto por ele, foram escritas sobre o tema: respectivamente, por E. T. A. Hoffmann, Albert Lortzing, Antonín Dvorák). Jean Giraudoux (1882-1944) extraiu do conto uma peça de sucesso. H. G. Wells (1866-1946) também escreveu um conto de humor anglo-saxônico sobre uma sereia. Como dirá La Ciura, o conto é uma vergonha, mas mesmo assim há um motivo para mantê-lo na biblioteca.

tuas gregas arcaicas; e não as costumeiras fotografias que todos nós podemos arranjar, mas exemplares maravilhosos evidentemente solicitados com autoridade e enviados com devoção pelos museus do mundo inteiro. Havia todas aquelas criaturas magníficas: o "Cavaleiro do Louvre", a "Deusa sentada" de Taranto que está em Berlim, o "Guerreiro de Delfos", a "Kore" da Acrópole, o "Apolo de Piombino", a "Mulher Lápita" e o "Febo" de Olímpia, o celebérrimo "Auriga"... A sala cintilava com seus sorrisos estáticos e também irônicos, exaltava-se na recôndita altivez da postura delas. "Veja, Corbera, estas sim, talvez; as 'totine' não." Sobre a lareira, ânforas e crateras antigas: Odisseu amarrado ao mastro do navio, as Sereias que do alto do rochedo se esfacelavam nas pedras, em expiação por terem deixado a presa fugir. "Lorotas essas, Corbera, lorotas pequeno-burguesas dos poetas; ninguém escapa, e mesmo que alguém tivesse até sobrevivido, as Sereias não morreriam por tão pouco. Aliás, como fariam para morrer?"

Sobre uma mesinha, numa moldura modesta, uma fotografia velha e desbotada; um jovem de vinte anos, quase nu, de cabelos cacheados em desalinho, com uma expressão audaz nos traços de rara beleza. Perplexo, detive-me um instante: acreditava ter entendido. Nada disso. "E esse, paisano, esse era e é, e será (acentuou fortemente) Rosario La Ciura."

O pobre senador, de roupão, fora um jovem deus.

Depois falamos de outra coisa, e antes de eu ir embora, mostrou-me uma carta, em francês, do Reitor da Universidade de Coimbra que o convidava a fazer parte do comitê de honra no congresso de estudos gregos que aconteceria em maio, em Portugal. "Estou muito contente: embarcarei em Gênova no *Rex* junto com os congressistas franceses, suíços e alemães. Como Odisseu, taparei meus ouvidos para não ouvir as patranhas desses idiotas, e serão belos dias de navegação: sol, azul, cheiro de mar."

Saindo, passamos de novo pela estante onde estavam as obras

de Wells e ousei surpreender-me de vê-las ali. "Tem razão, Corbera, são um horror. Tem inclusive um romanceco que se o lesse novamente me faria sentir vontade de cuspir por um mês seguido; e você, cachorrinho de companhia como é, ficaria escandalizado com ele."

Após essa minha visita, nossas relações tornaram-se decididamente cordiais; de minha parte, ao menos. Fiz elaborados preparativos para mandar vir de Gênova alguns ouriços bem frescos. Quando soube que eles chegariam no dia seguinte, arranjei vinho do Etna e pão do interior e, receoso, convidei o senador para visitar meu pequeno apartamento. Para meu grande alívio, ele aceitou contentíssimo. Fui buscá-lo com a minha Fiat Balilla, arrastei-o até a Via Peyron, que é quase lá onde Judas perdeu as botas. No carro, ele tinha um pouco de medo e nenhuma confiança na minha perícia de motorista. "Agora eu o conheço, Corbera; se tivermos a desventura de encontrar uma de suas monstrenguinhas de saias, você é capaz de virar e os dois vamos quebrar a cara numa esquina." Não encontramos nenhum aborto de saias digno de atenção e chegamos ilesos.

Pela primeira vez, desde que o conhecia, vi o senador rir; foi quando entramos em meu quarto. "E assim, Corbera, este é o teatro das suas sórdidas aventuras." Examinou meus poucos livros. "Muito bem, muito bem. Talvez seja menos ignorante do que parece." "Este aqui", acrescentou pegando meu Shakespeare nas mãos, "este aqui entendia alguma coisa. 'A sea-change into something rich and strange.'* 'What potions have I drunk of Siren tears?'"**

* William Shakespeare, *The Tempest*, Ato I, cena 2, versos 393-4.

** Id., *The Sonnets*, 119, v. 1.

Quando, na sala de estar, a boa sra. Carmagnola entrou trazendo a bandeja com os ouriços, os limões e o resto, o senador ficou estático. "Como? Pensou nisso? Como sabe que são a coisa que mais desejo?" "Pode comê-los tranquilo, senador, ainda pela manhã estavam no mar da Riviera." "Claro, claro, vocês são sempre os mesmos, com suas servidões de decadência, de putrefação; sempre com as longas orelhas prontas a espionar o rescaldo dos passos da Morte. Pobres-diabos! Obrigado, Corbera, foi um bom 'famulus'. Pena que não sejam do mar lá de baixo, estes ouriços, que não estejam envoltos em nossas algas; seus acúleos decerto jamais causaram o derrame de sangue divino. Claro, fez todo o possível, mas estes são ouriços quase boreais, que cochilavam sobre os frios penedos de Nervi ou de Arenzano."

Via-se que era um daqueles sicilianos para os quais a Riviera da Ligúria, região tropical para os milaneses, é, ao contrário, uma espécie de Islândia. Os ouriços, partidos, mostravam suas carnes feridas, sanguíneas, estranhamente compartimentadas.* Nunca tinha prestado atenção antes daquele momento, mas após as bizarras comparações do senador, eles me pareciam de fato uma seção feita em sabe-se lá que delicados órgãos femininos. Ele os degustava com avidez, mas sem alegria, circunspecto, quase compungido. Não quis espremer limão sobre eles. "Vocês sempre com seus sabores emparelhados! O ouriço também deve ter sabor de limão, o açúcar também de chocolate, o amor também de paraíso!" Quando acabou, tomou um gole de vinho, fechou os olhos. Pouco depois percebi que debaixo das pálpebras envelhecidas lhe escorriam duas lágrimas. Levantou-se, aproximou-se da janela, enxugou os olhos, cauteloso, em seguida se

* A representação compartimentada, granulosa, de cor laranja, ou a feitura com buril reticulado das gravuras dos órgãos femininos, às vezes está presente em algumas representações sensuais de nus produzidos no círculo dos Cranach.

virou: "Já esteve em Augusta, Corbera?". Estivera lá por três meses como recruta: durante as horas de folga, em dois ou três soldados pegava-se um barco e ia-se passear nas águas transparentes dos golfos. Após minha resposta, calou-se; depois, com voz irritada: "E àquele pequeno golfo interno, mais ao alto de Punta Izzo, detrás do morro sobranceiro às salinas, vocês, cabeludos, foram?". "Claro; é o lugar mais bonito da Sicília, por sorte ainda não descoberto pelos farofeiros. A costa é selvagem, não é mesmo, senador? Completamente deserta, não se vê sequer uma casa; o mar é da cor dos pavões; e exatamente em frente, para além das ondas cambiantes, sobe o Etna: desde nenhum outro lugar é bonito como dali: calmo, poderoso, divino de fato. É um dos locais onde se vê um aspecto eterno daquela ilha que tão tolamente deu as costas à sua vocação que era a de servir de pasto para os rebanhos do Sol!"

O senador calava. Depois: "Você é um bom rapaz, Corbera; se não fosse tão ignorante, seria possível fazer algo de você".* Aproximou-se, beijou minha testa. "Agora vai buscar o teu carrinho. Quero ir para casa."

Nas semanas seguintes continuamos como de costume. Agora dávamos alguns passeios noturnos, em geral descendo a Via Po e através da militaresca Piazza Vittorio íamos observar o rio apressado e a Collina, ali onde eles intercalam um tantinho de imaginação no rigor geométrico da cidade. Começava a primavera, a comovente estação da juventude ameaçada, às margens despontavam os primeiros lilases, os mais apressados dentre os casaizinhos sem abrigo desafiavam a umidade da grama. "Lá embaixo o sol já está queimando, as algas florescem, os peixes afloram à superfície nas noites de lua, e vislumbram-se sobressaltos

* Uma *wicked joke* que mostra o afeto que tinha por mim. Em 1957 eu realmente era um intelectual ignorante.

de corpos entre as espumas luminosas; nós estamos aqui diante dessa corrente de água insípida e deserta, desses prédios enormes que mais parecem soldados ou frades alinhados; e ouvimos os soluços desses acasalamentos de agonizantes." Alegrava-se, porém, ao pensar na navegação seguinte até Lisboa; a partida já estava próxima. "Será agradável; você deveria vir também; pena, porém, que não seja uma comitiva para deficientes em grego; comigo ainda é possível falar italiano, mas se com Zuckermayer ou Van der Voos não demonstrasse conhecer os optativos de todos os verbos irregulares, você estaria frito; embora talvez da realidade grega você esteja mais ciente do que eles, não por cultura, claro, mas por instinto animalesco."

Dois dias antes de sua partida para Gênova, disse-me que na manhã seguinte não viria ao café, mas que me esperava em sua casa, às nove da noite.

O cerimonial foi o mesmo da outra vez: as imagens dos Deuses de três mil anos irradiavam juventude assim como um aquecedor irradia calor, a desbotada fotografia do jovem deus de cinquenta anos antes parecia transtornada ao olhar a própria metamorfose encanecida e refestelada na poltrona.

Quando o vinho do Chipre foi bebido, o senador chamou Bettina e lhe disse que podia ir dormir. "Eu mesmo acompanharei o sr. Corbera quando ele for embora." "Está vendo, Corbera, se fiz você vir aqui hoje à noite arriscando desorganizar alguma fornicação sua em Rivoli é porque preciso de você. Viajo amanhã, e na minha idade, quando partimos, nunca sabemos se não teremos que nos demorar longe para sempre; especialmente quando se vai via mar. Sabe, eu, no fundo, lhe quero bem: sua ingenuidade me comove, suas evidentes maquinações vitais me divertem; e além disso, parece-me ter entendido que você, como acontece com alguns sicilianos da melhor espécie, conseguiu realizar uma síntese de sentidos e razão. Merece, portanto, que eu não o deixe a ver navios, sem ter lhe explicado o motivo de algumas de minhas esquisitices, de algumas frases que disse diante de você e que decerto pareceram dignas de um louco." Protestei debilmente. "Não entendi muitas das coisas que o senhor disse; mas sempre atribuí a incompreensão à inadequação de minha mente, nunca a uma aberração da sua." "Deixa pra lá, Corbera, dá na mesma. Todos nós, velhos, parecemos loucos para vocês, jovens, e, no entanto, em geral trata-se do contrário. Para me explicar, porém, terei de contar-lhe quando eu era 'aquele rapazinho ali'", e apontava sua fotografia. "É preciso remontar a 1887, época que vai lhe parecer pré-histórica mas que para mim não é."

Saiu do seu lugar atrás da escrivaninha e veio sentar-se no mesmo sofá que eu. "Desculpe, viu, mas é que terei de falar baixo. As palavras importantes não podem ser berradas; o 'grito de amor' ou de ódio se encontra apenas nos melodramas ou entre as pessoas mais incultas, que afinal são a mesma coisa. Então, em 1887, eu tinha vinte e quatro anos; meu aspecto era o da fotografia; já era formado em letras antigas, já tinha publicado dois pequenos opúsculos sobre os dialetos jônicos que provocaram certo rumor na minha universidade; e havia um ano me preparava para o concurso da Universidade de Pavia. Além disso, nunca tinha me aproximado de uma mulher. Para dizer a verdade, de mulheres eu não me aproximei nem antes nem depois daquele ano." Eu tinha certeza de que meu rosto ficara numa impassibilidade marmórea, mas me enganava. "É muito grosseiro esse seu piscar, Corbera; o que eu digo é a verdade; verdade e também orgulho. Eu sei que nós de Catânia passamos por ser capazes de engravidar nossas babás, e pode até ser verdade. Mas não no que me concerne. Quando se frequentam noite e dia deusas e semideusas como eu naqueles tempos, não se tem muita vontade de subir as escadas dos prostíbulos de San Berillio. Por outro lado, naquela época, eu também era refreado por escrúpulos religiosos. Corbera, deveria realmente aprender a controlar seus cílios: eles o traem o tempo todo. Eu disse 'escrúpulos religiosos', foi. Também disse 'naquela época'. Agora não tenho mais; mas a esse respeito, não adiantou nada.

"Você, Corberuccio, que provavelmente conseguiu seu lugar no jornal graças a um bilhetinho de algum pistolão, não sabe o que é a preparação para um concurso a uma cátedra universitária de Literatura Grega. Por dois anos é preciso dar duro até o limite da demência. A língua, por sorte, eu já a conhecia bem o suficiente, exatamente quanto a conheço agora; e, sabe, não é para me gabar... Mas o resto: as variantes alexandrinas e bizantinas dos textos, os trechos citados, sempre mal, pelos autores latinos, as inumeráveis conexões da literatura com a mitologia, a história, a filosofia, as ciências! É de enlouquecer, repito. Portanto, eu estudava feito um louco e além disso dava aulas para alguns reprovados pelo liceu a fim de poder pagar meu aluguel na cidade. Pode-se dizer que eu me alimentava somente de azeitonas pretas e café. Para coroar tudo isso, sobreveio a catástrofe daquele verão de 1887, que foi um daqueles realmente infernais, como de vez em quando acontece por lá. À noite o Etna vomitava de volta o ardor do sol armazenado durante as quinze horas do dia; se ao meio-dia se tocasse a grade de uma sacada, era preciso correr para o pronto-socorro; os empedrados de lava pareciam estar a ponto de retornar ao estado fluido e quase todo dia o siroco batia na sua cara as asas de morcego pegajoso. Eu estava para morrer. Um amigo me salvou: encontrou-me enquanto atordoado vagava pelas ruas balbuciando versos gregos que já não entendia. Meu aspecto o impressionou. 'Ouça, Rosario, se você continuar aqui vai enlouquecer, e adeus, concurso. Estou indo para a Suíça (aquele rapaz tinha dinheiro), mas em Augusta tenho uma casinha de três cômodos a vinte metros do mar, muito longe do lugarejo. Faça a sua trouxa, pegue seus livros e vá ficar ali o verão todo. Passe em casa daqui a uma hora e eu lhe darei a chave. Vai ver, ali é outra coisa. Na estação pergunte onde fica o chalé Carobene, todos o conhecem. Mas vá mesmo, vá hoje à tarde.'

"Segui o conselho, viajei naquela mesma noite, e no dia seguinte, ao despertar, em vez das tubulações das privadas que do outro lado do pátio me cumprimentavam ao amanhecer, encontrei-me diante de uma pura extensão de mar, com o Etna ao fundo, não mais impiedoso, envolto nos vapores da manhã. O lugar era completamente deserto, como você me disse que é ainda agora, e de uma beleza única. A casinha, com seus cômodos em mau estado, continha o sofá em que eu passara a noite, uma mesa e três cadeiras; na cozinha, algumas panelas de barro e um velho candeeiro. Atrás da casa, uma figueira e um poço. Um paraíso. Fui ao lugarejo, encontrei o camponês do terreninho de Carobene, combinei com ele que a cada dois ou três dias levaria para mim um pouco de pão, macarrão, algumas verduras e um pouco de petróleo. O azeite eu tinha, daquele nosso que a pobre mamãe me enviara a Catânia. Aluguei um barquinho leve que o pescador me trouxe na tarde seguinte junto com um samburá e alguns anzóis. Eu estava decidido a ficar ali pelo menos por dois meses.

"Carobene tinha razão: era realmente outra coisa. O calor era violento também em Augusta, mas, não mais reverberado pelos muros, já não produzia uma prostração bestial, e sim uma espécie de euforia contida, e o sol, abandonada sua garra de algoz, contentava-se em ser um ameno, embora brutal, doador de energias, e também um mago que engastava diamantes móveis a cada ondulação do mar, mesmo a mais leve. O estudo deixara de ser um esforço: ao sutil balançar do barco em que ficava longas horas, cada livro parecia não mais um obstáculo a ser superado, mas, ao contrário, uma chave que me abria a passagem para um mundo do qual eu já tinha, diante dos olhos, um dos aspectos mais enfeitiçadores. Com frequência acontecia de eu escandir em voz alta os versos dos poetas, e os nomes daqueles Deuses esquecidos, ignorados pela maioria, roçavam novamente a superfície daquele mar que outrora, só de ouvi-los, erguia-se em tumulto ou se aplacava em bonança.

"Meu isolamento era absoluto, interrompido somente pelas visitas do camponês que a cada três ou quatro dias me trazia os poucos mantimentos. Detinha-se apenas cinco minutos, pois ao ver-me tão exaltado e descabelado, por certo havia de me considerar à beira de uma perigosa loucura. E, para dizer a verdade, o sol, a solidão, as noites passadas sob o voltear das estrelas, o silêncio, a escassa nutrição, o estudo de temas remotos, teciam ao meu redor uma espécie de encantamento que me predispunha ao prodígio.

"Este se cumpriu na manhã de 5 de agosto, às seis horas. Eu acordara pouco antes e subira logo no barco; poucas remadas me distanciaram dos seixos rolados da praia e parara sob um rochedo isolado, cuja sombra me protegeria do sol que já se elevava, inchado de bela fúria, e cambiava em ouro e azul o candor do mar auroral. Declamava, quando senti um brusco abaixamento da borda do barco, à direita, atrás de mim, como se alguém tivesse se agarrado ali para subir. Voltei-me e a vi: o rosto liso de uma garota de dezesseis anos emergia do mar, duas pequenas mãos apertavam as tábuas do costado do barco. Aquela adolescente sorria, uma ligeira dobra separava os lábios pálidos e deixava entrever dentinhos afiados e brancos, como os dos cães. Mas não era um daqueles sorrisos como os que se veem entre vocês, sempre degenerados por uma expressão acessória de benevolência ou de ironia, de piedade, crueldade, ou seja lá o que for; ele expressava apenas a si mesmo, isto é, uma alegria de existir quase bestial, uma letícia quase divina. Esse sorriso foi o primeiro dos sortilégios que agiu sobre mim, revelando-me paraísos de serenidades esquecidas. Dos desarrumados cabelos cor de sol, a água do mar escorria sobre olhos verdes, abertíssimos, sobre as feições de pureza infantil.

"Nossa sombria razão, por mais predisposta que esteja, zanga-se diante do prodígio, e quando percebe um, procura apoiar-se na lembrança de fenômenos banais; como qualquer outro, eu quis acreditar ter encontrado uma banhista e, mexendo-me com precaução, fui até a altura dela, curvei-me, estendi-lhe a mão para fazê-la subir. Mas ela, com assombroso vigor, emergiu ereta da água até a cintura, cingiu meu pescoço com seus braços, envolveu-me num perfume nunca sentido, deixou-se escorregar no barco: debaixo da virilha, sob os glúteos, seu corpo era o de um peixe, revestido de minúsculas escamas madreperoladas e azuis, e terminava num rabo bifurcado que batia lento no fundo do barco. Era uma Sereia.

"De costas, apoiava a cabeça nas mãos cruzadas, mostrava com tranquila lascívia os pelinhos delicados sob as axilas, os seios separados, o ventre perfeito; dela emanava aquilo que eu mal denominara perfume, um cheiro mágico de mar, de volúpia juveníssima. Estávamos na sombra, mas a vinte metros de distância a marina se entregava ao sol e fremia de prazer. Minha nudez quase total mal escondia sua própria emoção.

"Falava e assim fui submerso, após aquele do sorriso e do cheiro, pelo terceiro e maior sortilégio, o da voz. Era um pouco gutural, velada, ecoando inúmeras harmonias; como pano de fundo das palavras, nela se percebiam as ressacas empreguiçadas dos mares do verão, o cicio das últimas espumas nas praias, a passagem dos ventos sobre as ondas lunares. O canto das Sereias,

Corbera, não existe: a música à qual não se escapa é apenas aquela da sua voz.

"Falava grego e eu custava muito a entendê-lo: 'Eu o ouvi falar sozinho numa língua semelhante à minha: gosto de você, possua-me. Sou Ligeia, filha de Calíope. Não acredite nas fábulas inventadas sobre nós, não matamos ninguém, apenas amamos'.

"Curvado sobre ela, eu remava, fixando os olhos risonhos. Chegamos à margem: tomei em meus braços o corpo aromático, passamos do resplendor à sombra densa; ela já me instilava na boca aquela volúpia que está para seus beijos terrestres como o vinho está para a água insossa."

O senador narrava sua aventura em voz baixa; eu, que em meu coração sempre contrapusera minhas variadas experiências femininas àquelas dele consideradas medíocres e que daquilo derivara um sentido tolo de diminuta distância, percebia-me humilhado: mesmo em matéria de amores eu me via abismado a distâncias intransponíveis. Nunca, nem por um instante desconfiei que me contassem patranhas e, quem quer que fosse, o mais cético que tivesse estado presente, perceberia a verdade mais segura no tom do velho.

"Assim iniciaram aquelas três semanas. Não é lícito, aliás não seria piedoso em relação a você, entrar em detalhes. Basta dizer que naqueles amplexos eu desfrutava ao mesmo tempo da mais alta forma de volúpia espiritual e daquela elementar, destituída de qualquer ressonância social que nossos pastores solitários sentem quando no alto dos montes se unem às cabras deles; se a comparação o repugna é porque não é capaz de realizar a transposição necessária do plano bestial àquele sobre-humano, planos, em meu caso, sobrepostos.

"Reconsidere o que Balzac não pôde expressar em *Passion*

*dans le désert.** Dos membros imortais dela desencadeava-se tamanho potencial de vida que as perdas de energia eram logo compensadas, aliás, acrescidas. Naqueles dias, Corbera, amei tanto quanto cem dos seus Don Giovanni juntos por toda a vida. E que amores! Ao abrigo de conventos e de delitos, do rancor dos Comendadores e da rivalidade dos Leporello, distante das pretensões do coração, dos falsos suspiros, das deliquescências fictícias que inevitavelmente mancham seus beijos miseráveis. Um Leporello, para dizer a verdade, perturbou-nos no primeiro dia, e foi a única vez: por volta das dez eu ouvi o barulho das botinas do camponês pela trilha que levava ao mar. Tive apenas tempo de cobrir com um lençol o corpo incomum de Ligeia, e ele já estava à porta: a cabeça, o pescoço, os braços dela, que não estavam cobertos, fizeram Leporello acreditar que se tratava de uma vulgar aventura minha e, portanto, incutiram-lhe um respeito repentino; ficou ali ainda menos que de costume e, ao ir embora, deu uma piscada com o olho esquerdo, e com o polegar e o indicador da mão direita, encolhidos e fechados, fez o gesto de enrolar um bigode imaginário no canto da boca; e subiu pela trilha.

"Falei de vinte dias que passamos juntos; porém, não queria que você imaginasse que durante aquelas três semanas ela e eu tenhamos vivido 'maritalmente', como se diz, compartilhando cama, comida e tarefas. As ausências de Ligeia eram frequentíssimas: sem me dar nenhum sinal prévio, ela mergulhava no mar e desaparecia, às vezes por muitíssimas horas. Quando retornava,

* *Une passion dans le désert*, em *Œuvres complètes de H. de Balzac: Scènes de la vie militaire*, Paris, 1879. Durante a Campanha do Egito um soldado provençal acaba numa gruta com uma pantera fêmea. Entre os dois nasce uma convivência sentimental: "*La sultane du désert agréa les talents de son esclave en levant la tête, en tendant le cou, en accusant son ivresse par la tranquillité de son attitude*", p. 298.

quase sempre com as primeiras luzes da manhã, ou me encontrava no barco ou, se eu ainda estivesse no casebre, arrastava-se sobre os seixos, metade fora e metade dentro d'água, de costas, fazendo força com os braços e me chamando para ajudá-la a subir o aclive. 'Sasà', chamava-me, pois eu lhe dissera que esse era o diminutivo do meu nome. Nessa atitude, estorvada exatamente por aquela parte de seu corpo que lhe conferia desenvoltura no mar, ela apresentava o aspecto compassivo de um animal ferido, aspecto que o riso de seus olhos logo apagava.

"Ela só comia coisas vivas: frequentemente eu a via emergir do mar, o torso delicado brilhante ao sol, enquanto apertava com força entre os dentes um peixe prateado ainda fremente, o sangue listrava seu queixo e depois de algumas mordidas, a merluza ou o sargo mutilados eram jogados de volta para trás e, manchando-a de vermelho, afundavam na água enquanto ela gritava infantilmente limpando os dentes com a língua. Uma vez dei-lhe vinho; foi-lhe impossível beber do copo, precisei derramar um pouco na sua palma minúscula e levemente esverdeada, e ela o bebeu fazendo estalar a língua como faz um cachorro, enquanto em seus olhos se pintava a surpresa por aquele sabor ignorado. De vez em quando vinha à margem com as mãos cheias de ostras, de mariscos, e enquanto eu me esforçava para abrir as conchas com uma faca, elas as esmagava com uma pedra e sorvia o molusco palpitante, junto com migalhas de conchas para as quais não ligava.

"Eu já lhe disse isso, Corbera: era um bicho, mas ao mesmo tempo também era uma Imortal, e é uma pena que ao falar não se possa expressar continuamente essa síntese como, com absoluta simplicidade, ela a expressava no próprio corpo. Não apenas no ato carnal ela manifestava uma alegria e uma delicadeza opostas ao tétrico cio animal, mas sua fala era de uma imediatez poderosa, que só encontrei em poucos grandes poetas. Não se é filha de Calíope à toa: às cegas de todas as culturas, desconhecendo qualquer sabedoria, desdenhando qualquer constrição moral, ainda assim ela fazia parte da nascente de toda cultura, de toda sabedoria, de toda ética e sabia expressar essa sua superioridade em termos de áspera beleza. 'Sou tudo porque sou apenas corrente de vida destituída de acidentes, sou imortal porque todas as mortes confluem em mim, daquela da merluza de antes à de Zeus, e reunidas em mim, tornam-se vida novamente, não mais individual e determinada, mas pânica e, portanto, livre.' Depois dizia: 'Você é bonito e jovem, deveria seguir-me agora no mar e escaparia das dores, da velhice; viria à minha morada, debaixo dos altíssimos montes de águas imóveis e escuras, onde tudo é quietude silenciosa, tão conatural que quem a possui nem sequer a percebe. Eu te amei e, lembre-se disso, quando estiver cansado, quando não aguentar mais, só precisará se debruçar sobre o mar e chamar-me. Eu estarei sempre ali, porque estou em toda parte, e seu sonho de sono será realizado'.

"Contava-me de sua existência sob o mar, dos Tritões barbudos, das glaucas cavernas, mas me dizia que essas também eram falsas aparências e que a verdade estava bem mais no fundo, no cego e mudo palácio de águas informes, eternas, sem clarões, sem sussurros.

"Certa vez disse-me que se ausentaria por um bom tempo, até a noite do dia seguinte. 'Tenho de ir longe, lá onde sei que vou encontrar um presente para você.'

"Com efeito voltou com um maravilhoso ramo de coral púrpura incrustado de conchas e fungos marinhos. Guardei-o por muito tempo numa gaveta, e toda noite beijava os pontos onde eu lembrava que os dedos da Indiferente, isto é, da Benéfica, haviam tocado. Então, certo dia, Maria, minha governanta que precedeu Bettina, roubou-o para dá-lo ao seu gigolô. Depois encontrei-o num joalheiro de Ponte Vecchio, desconsagrado, limpo e polido a ponto de estar quase irreconhecível. Comprei-o de volta e à noite joguei-o no rio Arno: passara por muitas mãos profanas.

"Falava-me também dos inúmeros amantes humanos que tivera durante sua adolescência milenária: pescadores e marinheiros gregos, sicilianos, árabes, caprenses, alguns náufragos também, à deriva sobre destroços encharcados, aos quais ela aparecera por um instante no relampejar da tempestade, para transformar em prazer seu último estertor. 'Todos aceitaram meu convite, vieram me reencontrar, alguns logo, outros transcorrido o que para eles era muito tempo. Apenas um não apareceu mais, era um belo rapagão com a pele branquíssima e cabelos vermelhos, com quem me uni numa praia distante lá onde nosso mar se derrama no grande Oceano; cheirava a algo mais forte do que aquele vinho que você me deu outro dia. Acredito que não apareceu mais certamente não por estar feliz, mas porque quando nos encontramos estava tão bêbado que não entendia nada; devo ter lhe parecido uma das pescadoras comuns.'

"Aquelas semanas de alto verão transcorreram rápidas como uma única manhã; quando passaram, percebi que na realidade eu vivera alguns séculos. Aquela mocinha lasciva, aquela ferinha cruel também fora Mãe sapientíssima que apenas com sua presença desarraigara fés, dissipara metafísicas; com dedos frágeis, muitas vezes ensanguentados, mostrara-me o caminho rumo aos verdadeiros eternos descansos, também rumo a um ascetismo de vida derivado não da renúncia, mas da impossibilidade de aceitar outros prazeres inferiores. Decerto eu não serei o segundo a não obedecer ao seu chamado, não recusarei essa espécie de Graça pagã que me foi concedida.

"Em razão de sua própria violência, aquele verão foi breve. Pouco depois de 20 de agosto, reuniram-se as primeiras nuvens tímidas, choveram algumas gotas isoladas, mornas como sangue. As noites foram todas uma concatenação, no distante horizonte, de lentos, mudos clarões que se deduziam, um do outro, como as cogitações de um deus. Pela manhã o mar havana-rosado feito uma rolinha queixava-se de suas arcanas irrequietações, e à noite se encrespava sem que se percebesse brisa, num degradar de cinza-fumaça, de cinza-aço, de cinza-pérola, todos suavíssimos e mais carinhosos que o esplendor de antes. Muito longínquos, farrapos de névoa roçavam as águas: talvez nas costas gregas já chovesse. Também o humor de Ligeia empalidecia do esplendor ao carinho do cinza. Ficava mais calada, passava horas deitada sobre um rochedo a olhar o horizonte não mais imóvel, afastava-se pouco. 'Ainda quero ficar com você; se agora eu fosse para o alto-mar, meus companheiros do mar me reteriam. Está ouvindo? Estão me chamando.' Por vezes me parecia realmente ouvir uma nota diferente, mais baixa em meio ao chiar agudo das gaivotas, entrever desalinhamentos fulmíneos entre um rochedo e outro. 'Tocam suas conchas, chamam Ligeia para as festas da tempestade.'

"Ela investiu contra nós ao amanhecer do dia 26. Do rochedo vimos aproximar-se o vento que tumultuava as águas distantes, perto de nós os vagalhões plúmbeos inchavam, vastos e preguiçosos. Logo a rajada nos alcançou, assobiou nos ouvidos, vergou os alecrins ressequidos. O mar abaixo de nós rompeu-se, a primeira vaga avançou coberta de brancura. 'Adeus, Sasà. Não esquecerá.' O vagalhão arrebentou no rochedo, a Sereia atirou-se no jorro irisado, não a vi cair; pareceu desmanchar-se na espuma."

O senador partiu na manhã seguinte; fui à estação para me despedir dele. Estava carrancudo e cortante como sempre, mas quando o trem começou a se mover, pela janela seus dedos roçaram minha cabeça.

No dia seguinte, ao amanhecer, telefonaram de Gênova para o jornal: durante a noite o senador La Ciura caíra no mar do convés do *Rex*, que navegava em direção a Nápoles, e embora alguns barcos salva-vidas tivessem sido jogados imediatamente ao mar, o corpo não fora encontrado.

Uma semana mais tarde foi aberto o testamento dele: para Bettina ficou o dinheiro no banco e a mobília, a biblioteca era herdada pela Universidade de Catânia, numa cláusula de data recente eu era nomeado legatário da cratera grega com as figuras das Sereias e da grande fotografia da "Kore" da Acrópole.

Os dois objetos, eu enviei para minha casa de Palermo. Depois veio a guerra, e enquanto eu estava na Marmárica com meio litro de água ao dia, os "Liberators" destruíram minha casa: quando retornei, a fotografia havia sido cortada em listras que serviram de tochas para os saqueadores noturnos; a cratera fora despedaçada; no fragmento maior, veem-se os pés de Ulisses amarrado ao mastro do navio. Ainda o guardo.* Os livros foram depositados no subsolo da universidade, mas visto que faltam os fundos para as estantes, eles vão apodrecendo lentamente.

* Fim da gravação.

Fragmento de uma primeira versão

"... com o lençol o corpo de Ligeia quando ele apareceu à porta. Do verdadeiro significado do acontecido não compreendeu, é evidente, nada, mas a cabeça, o pescoço, os braços dela que se mostravam por cima do tecido, incutiram-lhe um profundo respeito por mim; acreditou numa aventura banal, ficou até menos que de costume e na hora de ir embora deu uma piscadela para mim, e com o polegar e o indicador direito encolhidos e unidos, fez que enrolava um bigode imaginário no canto da boca: estava se felicitando.

"Falei de vinte dias que passamos juntos; porém, não gostaria que você acreditasse que por essas três semanas ela e eu vivemos 'maritalmente', como se diz, tendo em comum cama, mesa e diversões. As ausências de Ligeia eram muito frequentes: sem dar nenhum sinal ela mergulhava no mar e desaparecia, às vezes por muitas horas. Quando voltava, quase sempre bem cedo pela manhã, me encontrava no barco ou se eu ainda estava na praia ela se arrastava pelos seixos, metade fora e metade dentro d'água, de costas, fazendo força com os braços e chamando-

-me para que a ajudasse a subir o aclive: 'Sasà', chamava-me porque eu lhe dissera que esse era o diminutivo do meu nome. Assim atrapalhada por aquela mesma parte do seu corpo que lhe conferia uma divina desenvoltura na água, ela apresentava um aspecto tocante de animal ferido que o riso dos olhos desmentia em vão. Em relação à mesa, ela só comia coisas vivas; muitas vezes a via emergindo do mar, o magnífico torso brilhante ao sol, enquanto massacrava com os dentes um peixe prateado que ainda fremia; o sangue listrava seu queixo e, depois de algumas mordidas, o salmonete ou o sargo mastigados eram jogados para trás e manchando-o de vermelho afundava no mar enquanto ela ria magnificamente limpando os dentes com a língua. Uma vez dei-lhe vinho; do copo foi-lhe impossível beber: precisei derramar um pouco na sua palma minúscula e levemente esverdeada, e ela o bebeu fazendo estralar a língua como um cachorro faz, enquanto em seus olhos pintava a surpresa por aquele gosto novíssimo. Disse que era bom, mas depois sempre o recusou. Às vezes voltava com as mãos cheias de ostras e mariscos; enquanto eu me esforçava para abrir as conchas com uma faca, ela simplesmente as esmagava com uma pedra e sorvia o molusco palpitante, junto com migalhas de conchas para as quais não ligava minimamente. Eu já lhe disse isso, Corbera: era um animal; mas era também uma Imortal, e é pena que falando não se possa expressar continuamente essa síntese que ela manifestava em seu corpo com uma simplicidade maravilhosa. Não somente no ato de amor ela mostrava um arrebatamento e uma delicadeza mais que humana, mas sua fala era de uma imediatez poderosa, que só encontrei em poucos grandíssimos poetas. Não se é filha de Calíope à toa: às cegas de todas as culturas, desconhecendo qualquer sabedoria, desdenhosa de qualquer constrição moral, ainda assim ela fazia parte da fonte natural dessas entidades, e expressava essa sua primigênia superioridade em termos de áspera beleza. 'Sou tudo porque sou apenas corrente de vida destituída de acidentes, sou imortal porque todas as mortes confluem em mim, daquela do sargo de antes àquela de Zeus e tornam-se vida não mais individual e determinada, mas pânica e, portanto, livre.' Depois dizia: 'Você é bonito, e jovem e forte; deveria seguir-me no mar agora e evitaria dores, velhice, miséria, morte; eu o levaria em minha morada, sob os altíssimos montes de águas imóveis e escuras, onde tudo é silêncio e paz, tão conatural que nem sequer se percebe. Eu o amei e lembre-se disso quando estiver cansado, quando não aguentar mais, só precisará debruçar-se sobre o mar e me chamar; eu estarei sempre ali, porque estou em toda parte, e seu sonho de paz será saciado'.

"Contava-me de sua vida debaixo dos mares, das glaucas cavernas, dos tritões seus companheiros, dos peixes fosforescentes; mas dizia que essas também eram vãs aparências e que a verdade estava bem mais no fundo, no cego, mudo palácio de águas, sem formas, sem luz, sem ruídos. Certa vez, excepcionalmente, avisou-me que se ausentaria até o dia seguinte. 'Tenho de ir longe, lá onde sei que vou encontrar um presente para você.' Voltou no dia seguinte à noitinha com um longuíssimo ramo de coral púrpura incrustado de conchas e fungos marinhos. Guardei-o por um bom tempo numa gaveta, e toda noite beijava aqueles locais nos quais eu lembrava que seus dedos haviam tocado. Então uma vez Maria, aquela governanta minha que precedeu Bettina, roubou-o para dá-lo a um namorado. Depois o revi num joalheiro de Ponte Vecchio, tão polido e limpo, desconsagrado a ponto de estar quase irreconhecível. Não o comprei de volta porque já passara por demasiadas mãos profanas.

"Falava-me também dos muitos amantes que tivera na sua adolescência multimilenária, pescadores e marinheiros gregos, sicilianos, árabes, alguns náufragos sobre destroços balouçantes aos quais ela aparecera por um átimo para transformar em alegria seu último instante. 'Todos aceitaram meu convite: todos vieram me reencontrar, alguns logo, outros após muito tempo. Apenas um não apareceu mais: era um belo rapagão de cabelos vermelhos e pele branquíssima com o qual me uni numa praia distante, lá onde nosso mar se une ao grande Oceano entre penhascos e montanhas; cheirava a algo semelhante, mas mais forte do que aquele vinho que você me deu outro dia. Acredito que não apareceu mais porque quando nos encontramos estava tão bêbado que não entendia nada. Devo ter lhe parecido uma das suas costumeiras pescadoras efêmeras.'

"Aquelas semanas do alto verão passaram rápidas como uma única manhã; mas quando passaram, percebi que na realidade tinha vivido milênios. Aquela mocinha lasciva, aquele bichinho cruel também fora uma Mãe sapientíssima que apenas com sua presença destruíra crenças, dissipara metafísicas, com os dedinhos frágeis, não raro ensanguentados, mostrara-me o caminho em direção aos autênticos eternos repousos, em direção a um ascetismo de vida derivado não da renúncia, mas da saciedade. Decerto eu não serei o segundo a não obedecer ao seu chamado: aproveitarei essa espécie de Graça pagã que me foi concedida.

"Em razão de sua própria violência, aquele verão foi breve. Pouco depois do dia 20, as primeiras nuvens tímidas apareceram no céu, algumas tépidas gotas isoladas começaram a cair. À noite, no horizonte distante, houve uma concatenação de reconsiderações lentas, mudas que pariam umas às outras, como as cogitações de um Deus. De manhã o mar havana-rosado feito uma rolinha arrulhava por suas irrequietudes arcanas; e à noite encrespava-se sem que se percebesse a brisa, num degradar de cinza-fumaça, de cinza-aço, de cinza-pérola, todos suavíssimos e mais caros à vista do que seu prepotente esplendor de antes. Muito distantes, farrapos de nuvens roçavam as ondas: talvez nas costas gregas já chovesse.

"Ligeia também mudava de humor: calava-se com mais frequência, distanciava-se menos, passava horas deitada sobre um rochedo a perscrutar o horizonte distante. 'Quero ficar mais um pouco com você; se eu fosse para o alto-mar agora, meus companheiros de mar me deteriam e seria difícil retornar. Está ouvindo? Estão me chamando.' E realmente me parecia ouvir uma nota diferente em meio ao chiar das gaivotas, perceber..."

Critérios editoriais da presente edição

Fontes em ordem cronológica:

Manuscrito preparatório de *La Sirena*, incompleto, final de 1956-início de 1957.

Gravação (incompleta) de *La Sirena* pelo autor, fev. 1957. In: "Varia/Feltrinelli", 2014.

Datiloscrito do conto redigido por Olga Wolff Stomersee, mulher de Augusto Biancheri, em 1960, e transmitido a Giorgio Bassani para a primeira edição de *I racconti*.

LAMPEDUSA, Giuseppe Tomasi di. *Racconti*. Pref. de Giorgio Bassani. In: *Biblioteca di Letteratura*. Milão: Feltrinelli, 1961.

LAMPEDUSA, Giuseppe Tomasi di. *I racconti*. Org. de Nicoletta Polo. Pref. de Gioacchino Lanza Tomasi. 1. ed. rev. e ampl. conforme os manuscritos originais. In: *Impronte*. Milão: Feltrinelli, 1988.

A descoberta do datiloscrito consentiu retificar alguns trechos, entre os quais um em particular deve ser considerado importante: no datiloscrito: “O mar, o mar da Sicília é o mais colorido, o mais aromático…”; nas edições impressas: “O mar, o mar da Sicília é o mais colorido, o mais romântico…”.

OS GATINHOS CEGOS

Introdução do editor

"Os gatinhos cegos", ou "A manhã de um capataz" — título pensado pela viúva para a primeira edição de *Os contos* —, é o último escrito de Lampedusa. Remonta a março-abril de 1957. No final de abril, Lampedusa recebeu o diagnóstico de um tumor no pulmão, e morrerá três meses mais tarde. O conto, na verdade, é o início de um segundo romance que, como *O Leopardo*, teria os traços do libelo histórico. O título que o autor queria dar-lhe era "Os gatinhos cegos". Na abertura encontramos d. Batassano Ibba, fundador de uma dinastia de novos latifundiários, no tempo da narrativa não certamente um capataz; é um empreendedor agrícola de segunda geração, um tipo que na Sicília da época inclui agiotagem, brutalidade e, em situações críticas, até o homicídio. Seu traço cruel, vulgar, contrapõe-se à brandura dos aristocratas reunidos no Círculo Bellini. O capítulo introdutório do romance mostra uma antítese entre classes, mundos diversos. As representações são eficazes, lépidas, hilárias. As cenas ambientadas no círculo brilham com uma verve que não tem nada em comum com a literatura oitocentista. E ocorre então o motivo aduzido por Verga, quando renuncia a levar adiante o projeto da *Duchessa di Leyra*: a aristocracia não é representável por estereótipos e sua natureza escapa à experiência do escritor burguês.*

O herói do romance não está presente no capítulo introdutório. Ele teria sido o filho de Batassano Ibba, e o argumento do romance, o tema do libelo sociopolítico, deveria ter sido o aparecimento, após a Unificação da Itália, de uma nova classe agrária (os barões de Garibaldi) mais rude, mas com a mesma vocação à cegueira daquela anterior. A incapacidade de uma verdadeira evolução burguesa, empreendedora, da Sicília no período 1860-1950, seria repercorrida nos episódios do filho Ibba, barãozinho rico na conquista de Palermo e não destituído de qualidades morais, de interesses culturais e artísticos, encaminhado na escalada social da capital siciliana. No segundo pós-guerra, as portas estão para abrir-se ao jovem Ibba, ele está para ser admitido no Areópago (assim o escritor havia denominado o Círculo Bellini nas suas cartas de Londres), seus talentos civis estão para ser apreciados, quando sobrevém a reforma agrária, e o esforço da nova dinastia se extingue como a vida de um gatinho cego, ainda antes de ver a luz.

* Carta de Giovanni Verga a seu tradutor, Louis-Édouard Rod, 14 jul. 1899: "E aqui é apropriado aquilo que disse Goncourt, que as cenas e as pessoas do povo são mais fáceis de retratar, porque mais características e simples — quão complicadas e todas expressando-se por subentendidos são as classes mais elevadas, máximas se tivermos de considerar aquela espécie de máscara e de surdina que a educação impõe à manifestação dos próprios sentimentos, e ao verniz quase uniforme que os hábitos, a moda, a linguagem quase uniforme na mesma sociedade tendem a tornar quase internacional numa dada sociedade. E máximas no meu método — que Deus me proteja para essa *Duquesa*!".

Como se sabe, a dificuldade de Verga para encontrar um "método", isto é, uma chave linguística para o terceiro romance da sua trilogia, induziu-o a renunciar após muitas tentativas.

É difícil imaginar como poderia se dar a identificação do autor com o protagonista, uma personalidade emergente pela qual alimentaria uma mescla de afeto e repulsa. Por outro lado, é legítimo fazer a pergunta, pois segundo Lampedusa a identificação é um componente essencial da solidez narrativa: sua análise da obra completa de Shakespeare estabelece pedantemente a possível identificação do autor ora com esse ora com aquele personagem teatral. "Os gatinhos cegos" teria sido o desafio de Lampedusa a quantos o limitam ao âmbito do romance autobiográfico.

Por outro lado, o novo romance se apresenta carregado de ambição. Lampedusa pensava que constituiria o segundo episódio da sua *Comédie humaine*. Deriva daí a concatenação dos personagens de "Os gatinhos cegos" com aqueles de *O Leopardo*. Sinal já presente na "Sereia", em que o jovem jornalista é um descendente dos Salina. A autobiografia, afinal, nunca está ausente. O capítulo se conclui com Fabrizietto Salina a truncar o sonho erótico capitalista dos bellinianos absortos em decantar as riquezas e as mulheres do nouveau riche. "Meu Deus! Já são oito horas! Devo ir para casa e me vestir. Hoje à noite tem a *Traviata* no Politeama, e aquele 'Ama-me, Alfredo!' da Bellincioni é algo que não se pode perder. Vemo-nos no camarote." Gemma Bellincioni fora louvada no papel pelo próprio Verdi: em 1904 cantara a ópera em Palermo. Lampedusa tinha sete anos e ainda lembra o barulho em torno da soprano. A Bellincioni permanecera um dado sensível de sua infância. Ele só erra o lugar da execução. *La Traviata* foi apresentada no Teatro Massimo, e não no Politeama.

G. L. T.

Os gatinhos cegos

Desenhada em escala 1:5000, a planta das propriedades Ibba ocupava uma tira de papel-manteiga de dois metros de comprimento por oitenta centímetros de altura. Não que tudo aquilo que se via no mapa pertencesse à família; havia, em primeiro lugar, ao sul, uma pequena faixa de mar que, naquela costa orlada de almadravas, não pertencia a ninguém; ao norte havia montanhas inóspitas nas quais os Ibba jamais quiseram mexer; havia, sobretudo, inúmeras e nada pequenas manchas brancas ao redor da massa amarelo-limão que designava a propriedade da família: terrenos que nunca puderam ser adquiridos porque os proprietários eram ricos; terrenos oferecidos mas recusados porque de qualidade muito ruim, terrenos desejados mas nas mãos de gente que estava sendo cozida, sem no entanto ter chegado ao grau de mastigação oportuno. Havia, também, pouquíssimos terrenos que tinham sido amarelos e se tornaram brancos novamente porque foram vendidos para a aquisição de outros melhores durante certas safras ruins nas quais os camponeses eram escassos. Apesar dessas manchas (todas às margens), o conjunto amarelo era imponente: de um núcleo oval interno, ao redor de Gibildolce,* um largo ramo se estendia em direção ao levante, ia se estreitando e depois, de novo ampliado, lançava dois tentáculos: um em direção ao mar, alcançado por um pequeno trecho, o outro em direção ao norte, onde terminava nos sopés das montanhas escarpados e estéreis. Em direção ao ocidente a expansão fora ainda maior: eram, esses, terrenos antes eclesiásticos, nos quais a avançada fora rápida como um escorregão, a de uma faca na manteiga: os vilarejos de San Giacinto e San Narciso foram alcançados e ultrapassados pelas leves colunas dos atos de expropriação, uma linha defensiva no rio Favarotta** tinha resistido longamente, mas agora ruíra, e hoje, 14 de setembro de 1901, uma cabeça de ponte fora estabelecida do lado de lá do rio mediante a aquisição de Pìspisa, pequeno mas essencial feudozinho na margem direita da torrente.

A propriedade adquirida ainda não fora colorida de amarelo, na planta, mas o nanquim e o pincelzinho já aguardavam no escritório a intervenção de Calcedonio, que, na casa, era o único que sabia utilizá-los como se deve. O próprio d. Batassano Ibba, o chefe de família e quase barão, tentara isso dez anos antes quando Scìddico fora expropriado, mas o resultado tinha sido mísero: uma maré amarelada espalhara-se por todo o mapa e foi preciso gastar um monte de dinheiro para mandar fazer outro. O vidro de tinta, porém, ainda era o mesmo. Dessa vez, portanto, d. Batassano não se arriscava a pôr a mão, e se contentava em olhar com aqueles seus olhos de camponês atrevido o ponto a ser colorido, e pensava que também sobre o mapa de

* Gibildolce é a freguesia onde se situa o castelo de Montechiaro. Lampedusa divertia-se a extrair os topônimos dos feudos da família.

** O rio Favarotta, aproximando-se da foz, escorre a dezesseis quilômetros de Palma Montechiaro, separando as terras do ducado das de Licata.

toda a Sicília, afinal, poderiam ser percebidas as terras Ibba, grandes como uma pulga na imensidão da ilha, claro, ainda assim nitidamente visíveis.

D. Batassano estava satisfeito, mas também irritado, dois estados de espírito que nele muitas vezes coexistiam. Aquele Ferrara, aquele procurador do príncipe de Salina que chegara de Palermo pela manhã para redigir o ato da venda, fora caviloso até o momento da assinatura, mas o que estou dizendo, até a assinatura! depois também!, e exigira o preço em oitenta grandes cédulas rosadas do Banco da Sicília em vez do título de crédito ao portador que já tinham preparado; e ele, d. Batassano, fora obrigado a subir as escadas e a puxar o pacote da gaveta mais secreta da sua escrivaninha, operação cheia de ansiedade porque àquela hora era possível que Mariannina e Totò estivessem por lá. A verdade é que o procurador se deixara engabelar sobre aquele cânone de oitenta liras anuais a pagar ao fundo de Culto, para o qual havia aceitado descontar mil e seiscentas liras de valor capitalizado, ao passo que d. Batassano sabia (e também o tabelião) que ele já fora recuperado nove anos antes por outro procurador dos Salina. Porém, isso não importava: qualquer oposição, mesmo que mínima, à própria vontade, especialmente naquilo que dissesse respeito ao dinheiro, o agastava: "São obrigados a vender, com a corda no pescoço, e ainda têm gana de querer distinguir entre notas e títulos de crédito!".

Eram somente quatro horas e faltavam cinco para a refeição. D. Batassano abriu a janela que dava para o exíguo quintal. O calor sufocante de setembro aquecido, reaquecido e macerado insinuou-se no cômodo a meia-luz. Embaixo, um velho bigodudo esticava visco sobre algumas varinhas de bambu, preparava os passatempos para os patrõezinhos. "Giacomino, sele os cavalos, o meu e o seu. Estou descendo." Desejava ir ver os estragos do bebedouro de Scìddico: alguns moleques malcriados tinham quebrado uma das aduelas da bacia, assim lhe disseram pela manhã; o rombo já havia sido tapado como dera, com pedrisco e com aquele barro misturado com palha que jamais falta próximo aos pântanos; mas Tano, o inquilino de Scìddico, pedira que fizessem logo um conserto sério. Sempre aborrecimentos, sempre mais despesas: e se não fosse ver pessoalmente, o operário lhe apresentaria uma conta exorbitante. Certificou-se de que o coldre com a pesada Smith Wesson lhe pendia do cinturão: estava tão acostumado a tê-la sempre consigo que já não a percebia. Desceu no quintal pela escadinha de ardósia. O capataz acabava de selar os cavalos, subiu no seu utilizando três degraus de alvenaria apoiados propositalmente numa parede, pegou o chicote que um menino lhe passava, esperou que Giacomino (sem a ajuda dos degraus do patrão) montasse na sela. O filho do capataz escancarou o portão blindado, a luz da tarde estiva inundou o quintal e d. Baldassare Ibba saiu com o guarda-costas no Corso Maggiore de Gibilmonte.

Os dois iam quase lado a lado, o cavalo de Giacomino apenas meia cabeça atrás daquele do patrão; o "dois canos" do capataz exibia, à direita e à esquerda do arção, a coronha com ferro, os canos brunidos; os cascos dos animais pisoteavam descompassados os seixos das vielas íngremes. As mulheres fiavam em frente às portas e não cumprimentavam. "A vida!", gritava Giacomino quando algum meninote, totalmente nu, estava prestes a rolar entre as patas dos cavalos; o Arcipreste, equilibrando-se numa cadeira e com a nuca apoiada na parede da igreja, fingiu dormir: ainda mais que o patronato não pertencia a Ibba, o ricaço, mas aos pobres e ausentes Santapau.* Apenas o primeiro-sargento dos

* Uma das grandes famílias catalãs desembarcadas na Sicília com Pedro de

carabineiros, em mangas de camisa na sacada do quartel, debruçou-se e cumprimentou. Saíram do povoado, subiram a senda que leva ao bebedouro. A água entornada durante a noite era muita e em toda a volta estava represada numa grande poça: misturada com argila, detritos de palha, esterco, urina de vaca, exalava um fedor pungente de amoníaco. Mas o conserto improvisado fora eficaz; do rejunte das pedras não escorria mais água, apenas transudava, e o fluxo sutil que brotava aos soluços do cano enferrujado bastava para superar a perda. O custo zero daquilo que fora feito satisfez d. Batassano, levou-o a negligenciar a provisoriedade do conserto. "Mas o que é que Tano está falando! O bebedouro está em ótimo estado! Não precisa de nada. Diga, sim, àquele bocó que, se for verdade que ele é um homem, tome cuidado para não deixar estragar minhas coisas pelo primeiro fedelho que passa. Que trate de procurar os pais e que os faça falar com você se ele mesmo não consegue!"

No caminho de volta, um coelho assustado atravessou o caminho, o cavalo de d. Batassano se assustou, deu alguns coices, e o magnata, que tinha, sim, um bonito selim inglês mas utilizava cordas retorcidas em vez de estribos, acabou no chão. Não se machucou, e Giacomino, experiente na praxe, pegou a jumenta pelas rédeas e a manteve parada; do chão d. Batassano açoitava duramente o focinho, as orelhas, as ancas do animal, que era percorrido por um tremor contínuo e cobria-se de espuma. Um chute na barriga concluiu a operação pedagógica, d. Batassano

---

Aragão, príncipes de Butera. A família extinguiu-se no século XVI nos Barrese, de origem normanda. Em 1603 Dorotea Barrese Santapau, herdeira da dinastia, casou-se com Giovanni Branciforte e Tagliavia, conde de Mazzarino. Em 1805 Stefania Branciforte e Branciforte, herdeira dinástica, casou-se com Giuseppe Lanza Branciforte. No século XV, o palácio Mazzarino de Palermo era propriedade dos Santapau. O atual pátio renascentista foi edificado no tempo de Dorotea Barrese.

montou novamente e os dois voltaram para casa quando começava a anoitecer.

O contador Ferrara, entrementes, não sabendo que o dono da casa tinha saído, fora ao escritório e, encontrando-o vazio, sentou-se um instante para aguardar. Na sala havia um suporte com duas espingardas, uma estante com poucas pastas ("Impostos", "Títulos de propriedade", "Cautelas", "Empréstimos", diziam as etiquetas coladas no papelão marrom); na escrivaninha, o ato de compra e venda assinado duas horas antes; atrás, na parede, o mapa.

Ferrara levantou-se para olhá-lo de perto: por seus conhecimentos profissionais, pelas inúmeras indiscrições que ouvira, ele sabia muito bem como se formara aquele enorme patrimônio em terras; fora uma epopeia de astúcia, de falta de escrúpulos, de desafio às leis, de inexorabilidade, de sorte também, e de audácia. Ferrara pensou qual interesse apresentaria uma planta colorida diversamente, na qual, como nos textos escolares para a expansão italiana da casa Savoia, tivessem sido pintadas com cores diferentes as aquisições sucessivas. Aqui, em Gibilmonte, era o embrião: seis túmulos,* meio hectare de vinhedo e uma casinha de três quartos, tudo aquilo que herdara o pai de d. Batassano, Gaspare, analfabeto talentoso. Ainda muito jovem seduzira a filha surda-muda de um "burguês", de um minúsculo proprietário apenas um pouquinho menos pobre do que ele, e com o dote obtido por meio de um casamento extorquido, duplicara as próprias posses. A mulher deficiente entrara completamente no jogo do marido: uma economia sórdida permitira ao casal acumular um pé-de-meia, minúsculo mas precioso numa região como a Sicília, onde a economia, naqueles tempos, como nas antigas cidades-Estados, baseava-se exclusivamente na agiotagem.

* Antiga unidade de medida agrária siciliana; um túmulo equivale a 1088,46 m^2. (N. T.)

Empréstimos muito prudentes foram concedidos, aqueles empréstimos de fisionomia peculiar que se concedem às pessoas que possuem um patrimônio mas não entradas suficientes para pagar os juros. Os resmungos de Marta, a mulher de Gaspare, quando ao pôr do sol andava pelo vilarejo para exigir seus créditos semanais, tornaram-se proverbiais. "Quando Marta vai grunhindo, as casinhas vão caindo." Em dez anos de visitas gesticulantes, em dez anos de subtrações de trigo dos marqueses Santapau dos quais Gaspare era meeiro, em dez anos de cautelosos deslocamentos de limites, em dez anos de fome satisfeita, o patrimônio do casal se multiplicara por cinco: ele tinha apenas vinte e oito anos, o atual d. Batassano sete. Houve um período turbulento quando a autoridade judiciária bourbônica tivera a cisma de investigar o caso de um dos costumeiros cadáveres encontrados no campo; Gaspare precisou ficar longe de Gibilmonte, e a mulher deixava entender que ele se encontrava na casa de um primo em Adernò para praticar o cultivo das amoreiras; na realidade não houvera uma noite em que, das montanhas vizinhas, o afetuoso Gaspare não tivesse visto fumegar a cozinha de sua casinha feliz. Depois vieram os Mil, tudo virou tumulto, a papelada indiscreta desapareceu das chancelarias, e Gaspare Ibba retornou oficialmente para sua casa.

Tudo estava melhor do que antes. Foi então que Gaspare concebeu uma manobra que era louca como tudo o que é genial: como Napoleão em Austerlitz, ousou desguarnecer o próprio centro para apanhar na armadilha dos fortíssimos flancos os parvos dos austro-russos, assim Gaspare hipotecou até os ossos todas as suas disputadíssimas terrinhas, e com poucos milhares de liras obtidos na operação fez um empréstimo sem juros ao marquês Santapau, posto em apuros por suas concessões à causa bourbônica. O resultado foi este: dois anos depois os Santapau haviam perdido o feudo "Balate"* que, aliás, nunca tinham visto e que, pelo nome, acreditavam infecundo, as hipotecas sobre os bens Ibba foram retiradas, Gaspare se tornara "dom Gaspare" e em sua casa comia-se capado aos sábados e domingos. Uma vez alcançada a meta das primeiras cem mil liras, tudo se desenvolvera com a precisão de um dispositivo mecânico: os bens eclesiásticos, que adquiriu pagando as primeiras duas parcelas de suas miseráveis estimativas, foram obtidos por um décimo de seu valor; os casarios, as nascentes neles contidas, os direitos de passagem que eles possuíam, tornaram mais fácil do que nunca a aquisição dos bens laicos circunstantes, desvalorizados; as fortes rendas acumuladas permitiram a compra e a desapropriação de outros terrenos mais distantes.

Quando d. Gaspare morreu, ainda jovem, sua propriedade era mais que considerável; porém, como os territórios prussianos da metade do século XVIII, consistia em grandes ilhotas separadas por propriedades alheias. Ao filho Baldassare coube, como para Frederico II, a tarefa e a glória de unificar tudo num só bloco, primeiramente, e de deslocar os limites do próprio bloco em direção a freguesias mais distantes. Vinhedos, olivais, amendoais, pastos e cânones enfitêuticos, mas sobretudo terrenos prontos para a semeadura eram anexados e digeridos, as rendas afluíam para o modesto escritório de Gibilmonte onde pouco permaneciam e de onde logo saíam quase intatas, para se transformar novamente em terrenos. Um vento de sorte ininterrupta inflava as velas do galeão Ibba: aquele nome começou a ser pronunciado com reverência em todo o carente triângulo da ilha. D. Batassano, entrementes, se casara, aos trinta anos, e não com uma deficiente como fora sua venerada genitora, mas com uma moça robusta de dezoito anos, Laura, a filha do tabelião de Gibilmon-

* Outro feudo do ducado de Palma, entre Palma e o castelo de Montechiaro.

te: ela trazia como dote a própria saúde, não pouco dinheiro líquido, a preciosa e cavilosa experiência do pai, e uma submissão absoluta, desde que fossem satisfeitas suas nada insignificantes necessidades sexuais. Oito filhos eram a prova viva da alcançada submissão: uma felicidade acre e desprovida de luz reinava na casa Ibba.

O contador Ferrara era um indivíduo de sentimentos ternos, variedade humana raríssima na Sicília. Já seu pai fora funcionário da administração Salina nos tempos turbulentos do velho príncipe Fabrizio; e ele próprio, criado na atmosfera protegida daquela linhagem, acostumara-se a desejar uma vida medíocre que fosse, porém calma; e o próprio pedacinho de queijo principesco a roer lhe era suficiente. Aqueles pobres dois metros quadrados de papel-manteiga evocavam para ele rudeza e pertinácia de lutas que sua alma de roedor, mais que de carnívoro, repugnava. Tinha a impressão de reler os fascículos daquela *História dos Bourbon de Nápoles* de La Cecilia* que seu pai, liberal ferrenho, comprava-lhe todo sábado; aqui em Gibilmonte, ainda por cima, faltavam as supostas orgias de Caserta descritas no libelo: aqui tudo era áspero, positivo, puritanamente mau. Assustou-se e deixou a sala.

À noite, no jantar, toda a família estava presente, exceto o primogênito, Gaspare, que estava em Palermo com o pretexto de preparar-se para os exames de recuperação do último ano do liceu (já tinha vinte anos). A refeição fora servida com simplici-

* Giovanni La Cecilia. O livro citado poderia ser *Storie segrete delle famiglie reali, o Misteri della vita intima dei Borboni di Francia, di Spagna, di Napoli e Sicilia e della famiglia Absburgo-Lorena d'Austria e di Toscana*, v. 4, Palermo, 1862. Livro muito feliz pelas várias anedotas relatadas. La Cecilia não era pessoa digna de confiabilidade, e após o período mazziniano suspeitou-se que fora pago pelo partido filobourbônico.

dade rústica: todos os talheres, por sinal pesados e ricos, achavam-se no centro da mesa e cada um pescava do monte conforme as próprias necessidades; o criado Totò e a criada Mariannina obstinavam-se em servir as pessoas pela direita. A sra. Laura era a imagem da saúde no seu supremo florescer, isto é, na suma obesidade: o queixo de bela forma, o nariz delicado, os olhos experientes de volúpias conjugais, desapareciam numa exuberância de toucinho ainda fresco, firme e apetitoso; as formas despropositadas do corpo eram revestidas com uma seda negra, símbolo de lutos sempre renovados. Os filhos Melchiorre, Pietro e Ignazio, as filhas Marta, Franceschina, Assunta e Paolina, alternavam-se em curiosas semelhanças, em estranhas misturas dos traços predadores do pai e daqueles misericordiosos da mãe. Em todos, em todas, nenhuma sofisticação nos trajes: "cretonnes" estampados (cinza sobre branco) para as mulheres, roupas de marinheiro para os meninos, mesmo para o maior dentre os presentes, Melchiorre, a quem os bigodes nascentes de moço de dezessete anos conferiam o aspecto estranho de um membro efetivo das Tripulações Reais. A conversação, ou, melhor dizendo, o diálogo entre d. Batassano e Ferrara versou exclusivamente sobre dois assuntos: o preço dos terrenos nas proximidades de Palermo em comparação com aqueles nas proximidades de Gibilmonte, e os casos da sociedade aristocrática palermitana. D. Batassano considerava todos esses nobres uns "mortos de fome", mesmo aqueles que, afinal, possuíam ainda que em coleção de antiguidades, afora as rendas, um patrimônio igual ao dele. Sempre fechado no seu vilarejo, com raras saídas para a capital e raríssimas viagens para Palermo a fim de "acompanhar" os processos na Corte de Cassação, desses nobres ele não conhecia pessoalmente nem sequer um, e deles criara uma imagem abstrata e monocórdica, como aquilo que o público imagina de Arlequim ou do Capitão Fracassa. O príncipe A. era gastão, o príncipe B. mulherengo, o duque C. violento, o barão D. jogador, d. Giuseppe E. espadachim, o marquês F. "estético" (queria dizer "esteta", por sua vez eufemismo para indicar coisas piores); e assim por diante: cada qual era uma figurinha desprezível recortada do papelão. D. Batassano tinha nessas suas opiniões uma formidável propensão ao erro, e pode-se dizer que não havia epíteto que não fosse erroneamente associado ao nome, e decerto nenhum defeito que não fosse fabulosamente exagerado; as pechas reais dessas pessoas, no entanto, permaneciam desconhecidas para ele: percebia-se que sua mente trabalhava a partir de abstrações e que ela se comprazia em conseguir ressaltar a pureza dos Ibba sobre o pano de fundo corrupto da velha nobreza.

Ferrara conhecia as coisas um pouco melhor, mas ele também de maneira lacunosa, e portanto, quando tentou contradizer as afirmações mais fantásticas, logo ficou sem argumentos; por outro lado, suas palavras suscitavam em d. Batassano tamanha indignação moralista que logo se calou; ademais, o jantar estava no fim.

Segundo Ferrara, este fora excelente; dona Laura não se entregava a voos pindáricos em matéria de cozinha: ela mandava servir a cozinha siciliana elevada ao cubo em termos de número de pratos e abundância de temperos, tornando-a, portanto, mortífera. Os macarrões literalmente nadavam no azeite de seus molhos e estavam sepultados debaixo de avalanches de "caciocavallo", as carnes eram recheadas de salames incendiários, as "zuppe in fretta" continham o triplo de alquermes, de açúcar e de "zuccata"* prescritos; mas tudo isso, já se disse, parecia delicioso para Ferrara e o ápice da verdadeira boa cozinha; suas raras refeições na casa dos Salina tinham-no sempre decepcionado pela insipidez das comidas. No dia seguinte, porém, de

* Abóbora adoçada. (N. T.)

volta a Palermo, depois de ter entregado ao príncipe Fabrizietto as setenta e oito mil e duzentas liras, descreveu a refeição que lhe fora oferecida, e já que conhecia a predileção do príncipe pelos "coulis de volaille"* do Pré Catélan** e pelos "timbales d'ècrevisses"*** do Prunier,**** mostrou como horrores o que lhe haviam parecido qualidades; e assim fez algo muito grato a Salina, o qual, depois, durante um "pokerzinho" no Clube, contou tim-tim por tim-tim aos amigos sempre ávidos de notícias sobre os legendários Ibba; e todos riram até o momento em que o impassível Peppino San Carlo anunciou um "full" de damas.

Como já foi dito, a curiosidade a respeito da família Ibba era intensa nos ambientes nobres palermitanos. Afinal, a curiosidade é a mãe das fábulas, e com efeito dela nasciam naqueles anos cem fantasias em torno dessa fortuna súbita. Eles testemunhavam não apenas a espumosa e infantil imaginação das classes superiores, mas também um mal-estar inconsciente ao ver que, no início do século XX, podia-se erguer uma grande fortuna exclusivamente com terras, forma essa de riqueza que, por amarga experiência de cada um daqueles senhores, era material de demolição e não apto à construção de edifícios ricos. Os mesmos proprietários sentiam que essa moderna reencarnação Ibba dos ilimitados pos-

* Purê de carne de caça.

** Famoso restaurante parisiense no Bois de Boulogne.

*** "Empadões" de camarões.

**** Alfred Prunier abriu seu restaurante em 1872. Os Prunier foram os primeiros a desenvolver a venda de peixe fresco e a produzir caviar com esturjões importados na França. Em 1924 foi aberto o Restaurant Prunier na Rue Victor Hugo. Foi um dos locais-símbolo da Paris dos anos 1920. O estabelecimento, adquirido em 2000 pelo grupo Berger, ainda hoje é uma estrela na cadeia de luxo.

suidores de trigo dos Chiaramonte e dos Ventimiglia* dos séculos anteriores era irracional e, para eles próprios, perigosa; portanto, eram hostilmente avessos a ela; isso não só porque esse edifício imponente fora, em grande parte, erigido com material que já lhes pertencera, mas porque o percebiam como manifestação do anacronismo permanente que é o freio das rodas da carroça siciliana, anacronismo que muitíssimos percebem mas ao qual ninguém, afinal, se subtrai nem com ele deixa de colaborar.

É preciso repetir que esse mal-estar permanecia latente no inconsciente coletivo: aflorava apenas sob o disfarce de lorotas e piadas, como convém a uma classe que pouco consome ideias gerais. A primeira e mais elementar forma de lorota, o exagero das cifras que em nossa terra são sempre elásticas. A despeito da facilidade dos controles, a fortuna de Baldassare Ibba era avaliada em muitas dezenas de dúzias de milhões, um destemido certa vez ousou falar de "quase um bilhão", mas foi, para dizer a verdade, calado, porque essa cifra hoje tão banal era, em 1901, de tão rara utilização que a quase totalidade das pessoas ignorava seu verdadeiro significado, e naquela época da lira-ouro, falar de um bilhão era a mesma coisa que dizer nada. Sobre as origens da fortuna entrelaçavam-se fantasias análogas: sobre a humildade dos natais de d. Batassano era difícil exagerar (o

* Os Chiaramonte e os Ventimiglia foram antigas famílias da parte latina na época dos aragoneses da Sicília. Andrea Chiaramonte, conde de Modica, foi decapitado em 1392, no tempo de Martino, o Jovem, diante de seu palácio de Palermo, "o Steri". Com sua morte tiveram fim o período dos quatro vigários e o reino aragonês da Sicília, governado por uma dinastia própria e autônoma, e se iniciou o vice-reinado. Em seguida o palácio foi sede da Inquisição e hoje é sede da Reitoria da Universidade Federico II. Os Ventimiglia, família originária da Ligúria, mudaram-se para a Sicília no século XIII; primeiramente condes, mais tarde foram marqueses de Geraci e príncipes de Castelbuono. O estado dos Geraci era uma das grandes entidades feudais sicilianas.

velho Corrado Finale, cuja mãe era uma Santapau, insinuara, sem dizê-lo com todas as letras, que ele era filho de um cunhado seu que por algum tempo residira em Gibilmonte, mas a lorota teve pouco crédito, porque se sabia que era um hábito de Finale atribuir a si mesmo ou a seus parentes a paternidade clandestina não importa a notoriedade de que se falasse, general vitorioso ou famosa prima-dona); porém, o modesto cadáver que causara aborrecimentos a d. Gaspare multiplicava-se por dez, por cem, e não havia supressão de indivíduos que tivesse ocorrido na Sicília, nos últimos trinta anos (e aconteceram diversas delas), que não fosse atribuída aos Ibba, os quais, afinal de contas, estavam mais que limpos do ponto de vista penal. Embora talvez possa surpreender, essa era a parte mais benévola da lenda, porque o ato de violência, quando impune, era, então, motivo de apreciação, sendo a auréola dos Santos sicilianos sanguínea.

A essas invenções diretamente semeadas somavam-se aquelas transplantadas: tirava-se a poeira, por exemplo, da historinha narrada já cem anos antes a propósito de Testasecca que, tendo mandado cavar uma canaleta, reunidas rio acima dela as centenas de vacas e os milhares de ovelhas deles, e que mandara ordenhar no mesmo instante, teria oferecido ao rei Ferdinando IV o espetáculo de um riacho de leite morno e espumoso que escorria diante dele. Tal fábula, não destituída de um caráter poético pastoral, era atribuída agora a d. Batassano com a simples substituição do rei Ferdinando por Umberto I; e embora fosse muito fácil provar que esse soberano nunca pusera os pés nas propriedades dos Ibba, ela sobrevivia, incontestável.

Foi por essas razões de rancor mesclado a temor que, quando o "pokerzinho" terminou, a conversação caiu mais uma vez no tema Ibba. A dezena de sócios presentes instalara-se no terraço do Clube, sobranceiro a um plácido pátio e sombreado por uma árvore alta que fazia chover pétalas de lilás sobre aqueles senhores em sua maioria idosos. Criados vestidos de vermelho e azul-marinho carregavam por ali sorvetes e bebidas. Do fundo de uma poltrona de vime, sempre colérica, chegava a voz de Santa Giulia. "Mas, afinal, pode-se saber quantas terras possui esse maldito Ibba?"

"Pode-se saber, sabe-se. Catorze mil, trezentos e vinte e cinco hectares", respondeu San Carlo, frio.

"Só isso? Achei que fossem mais."

"Catorze mil uma ova! Segundo pessoas que estiveram no local, não podem ser menos que trinta mil hectares, isso é certo como a Morte; e todos com semeaduras de primeira linha."

O general Làscari, que parecia mergulhado na leitura da *Tribuna*, baixou bruscamente o jornal e mostrou sua cara irascível, bordada de rugas amarelas nas quais a córnea branquíssima se destacava dura e um tanto sinistra, como os olhos de certos bronzes gregos. "São vinte e oito mil, nem um a mais e nem um a menos: foi o que disse meu sobrinho, que é primo da mulher do Administrador deles. É assim, e pronto; e é inútil continuar discutindo."

Pippo Follonica, um convidado romano de passagem, pôs-se a rir: "Mas, afinal, se estão tão interessados, por que não mandam alguém ao Registro? É tão fácil saber a verdade, ao menos essa verdade".

A racionalidade da proposta foi recebida com frieza. Follonica não entendia a natureza passional, não estatística, da discussão: aqueles senhores driblavam uns aos outros com invejas, rancores, receios: coisas, todas elas, que os registros de imóveis não eram suficientes para sedar.

O general enfureceu-se: "Quando sou eu quem diz uma coisa, não há necessidade nem de registros de imóveis nem de contrarregistros". Depois a cortesia para com o convidado o abrandou. "Caro Príncipe, o senhor não sabe o que é o registro de imóveis aqui! As inscrições jamais são feitas e ainda aparecem como proprietários aqueles que venderam e que agora estão no Asilo dos Pobres."

Diante de um desmentido tão circunstanciado, Follonica mudou de tática: "Admitamos que o número de hectares continue ignorado; mas há de se saber o valor do patrimônio desse caipira!".

"Isso se sabe muito bem: oito milhões redondinhos."

"Uma ova!" Esse era o indefectível início de toda frase de Santa Giulia. "O cacete! Nem um centavo menos que doze!"

"Mas em que mundo vocês vivem? Não estão informados de nada! São vinte e cinco milhões só em terrenos. E há também os cânones, os capitais emprestados e ainda não transformados em propriedades, o valor dos rebanhos. Pelo menos mais quinze milhões!" O general tinha largado o jornal e se agitava. A peremptoriedade dos seus modos havia irritado por anos todo o Clube, onde cada sócio desejava ser o único a fazer afirmações incontrovertíveis; de maneira que contra a opinião dele se formou de imediato uma coalizão de antipatias novamente despertadas e, sem referência à verdade maior ou menor dos fatos, o valor estimado do patrimônio Ibba despencou. "Isso tudo é poesia; dinheiro e santidade, metade da metade. Se Baldassare Ibba possui dez milhões, tudo incluído, é muito." A cifra fora destilada do nada, isto é, por necessidade polêmica; mas quando foi mencionada, já que correspondia ao desejo de cada um, acalmou a todos, exceto o general, que gesticulava do fundo de sua poltrona, impotente, contra seus nove adversários.

Um garçom entrou portando uma longa haste de madeira com um chumaço de algodão com álcool aceso na ponta. A branda luz do ocaso foi substituída por aquela rígida da luminária a gás. O romano divertia-se muito: era a primeira vez que vinha à Sicília, e nos seus cinco dias de permanência em Palermo fora recebido em diversas casas e começara a reconsiderar o suposto provincianismo dos palermitanos: os almoços eram bem servidos, os salões bonitos, as senhoras airosas. Mas agora essa discussão acalorada sobre a fortuna de um indivíduo que nenhum dos contendentes conhecia nem queria conhecer, esses exageros patentes, esse gesticular convulso por nada, faziam-no novamente recuar, lembravam-lhe, um pouco demais, as conversas que ouvia em Fondi ou em Palestrina, quando tinha de ir para lá a fim de cuidar de suas terras, e, quem sabe, na farmácia Bézuquet, da qual desde os tempos da leitura do *Tartarin** guardava uma lembrança sorridente; e abastecia-se de casos para contar aos amigos quando, dali a uma semana, estaria de volta em Roma. Mas estava errado: era um homem demasiado mundano para estar acostumado a mergulhar sua investigação sob as mais evidentes aparências, e isso que lhe parecia uma exibição humorística de provincianismo, era tudo menos cômico: eram os trágicos sobressaltos de uma classe que via escapar a própria primazia latifundista, ou seja, a própria razão de ser e a própria continuidade social, e que procurava nos exageros artificiosos, e nas diminuições artificiais, desabafar a própria ira, aliviar o próprio medo.

Já que era impossível chegar à verdade, a conversa se desviou: permaneceu sempre voltada a indagar os fatos privados de Baldassare Ibba, mas passou a considerar os pessoais.

"Vive como um monge: levanta-se às quatro da manhã; vai para a praça recrutar os trabalhadores rurais, ocupa-se da admi-

* *As prodigiosas aventuras de Tartarin de Tarascon*, famoso romance de Alphonse Daudet (1840-97). Nele narram-se as bravatas de Tartarin de Tarascon. A farmácia Bézuquet é um centro da vida tarasconesa, local de longas narrações sobre legendários torneios de caça, e também era o local onde Madame Bézuquet se exibia com Tartarin no dueto de *Robert le diable* de Meyerbeer: "*Robert, toi que j'aime/ Et qui reçus ma foi,/ Tu vois mon effroi* (*bis*),*/ Grâce pour toi-même/ Et grâce pour moi*". Ao que Tartarin replicava aos brados: "*Nan! Nan! Nan!*".

nistração o dia inteiro, come só macarrão e verduras no azeite, e às oito da noite está na cama."

Salina reclamou: "Monge com mulher e oito filhos, que fique claro. Um funcionário meu passou vinte e quatro horas na casa dele: a casa é feia, mas grande e confortável, decente, em conclusão; e a mulher há de ter sido bonita; os filhos são bem-vestidos; aliás, um deles está aqui em Palermo para estudar; e à sua mesa come-se de maneira pesada mas abundante, como eu lhes contei".

O general aguentava firme: "Você, Salina, acredita em tudo o que lhe contam; ou, melhor dizendo, quiseram ludibriar seu empregado que deve ser um idiota. Pão, queijo e lanterna a óleo, essa é a vida diária, a verdadeira vida de Ibba; quando alguém vem de Palermo, é claro que quer mostrar pompa para nos deslumbrar, como se ilude pensando fazer".

Santa Giulia, sob o ímpeto das notícias que queria comunicar, debatia-se em sua poltrona: os pés bem calçados batiam no chão, as mãos lhe tremiam, e a cinza do cigarro nevava em seu terno: "Senhores, senhores, vocês não sabem de nada; estão completamente errados. Apenas eu sei a quantas andam as coisas: a mulher de um capataz meu é de Torrebella, ao lado de Gibilmonte; de vez em quando vai ver a irmã que é casada ali e que lhe contou tudo. Mais certo que isso não é possível, acho". Procurou nos olhos de cada um uma confirmação da sua segurança, e como todos se divertiam, encontrou-a facilmente. Embora não houvesse nenhum ouvido pudico a respeitar, baixou a voz: sem esse estratagema de melodrama, o efeito das revelações não teria sido o mesmo.

"A quatro quilômetros de Gibilmonte, d. Baldassare mandou construir uma casinha: tudo o que se pode imaginar de mais luxuoso, com móveis de Salci* e tudo mais." Lembranças de

* Município na província de Perúgia conhecido por suas fábricas de móveis.

leituras de Catulle Mendès,* nostálgicas recordações de casas de encontros parisienses, anseios irrealizados embora por longo tempo alimentados, apareceram em sua imaginação. "Mandou vir de Paris o grande pintor Rochegrosse** que lhe afrescou todos os cômodos. Ficou três meses em Gibilmonte e quis cem mil liras por mês." (Rochegrosse de fato tinha estado na Sicília dois anos antes: ali permaneceu oito dias com a mulher e três filhos, e tornou a partir depois de ter silenciosamente visitado a Capela Palatina, Segesta e as Pedreiras de Siracusa.) "Gastou um patrimônio! Mas que afrescos fez! Coisa de ressuscitar um morto! Mulheres nuas, todas nuas, que dançam, bebem, copulam com homens e entre elas, em todas as posições, de todas as maneiras possíveis. Obras-primas! Uma enciclopédia, lhes digo, uma enciclopédia de todos os prazeres! Afinal, deixem as coisas na mão de um parisiense com cem mil liras ao mês. Ali Ibba recebe mulheres às dezenas: italianas, francesas, alemãs, espanholas. A Otero*** também esteve ali, sei com certeza. Ali um Batassano fez para si um Parque dos Gamos, como Luís XVI."****

Dessa vez Santa Giulia realmente tinha impressionado:

* Catulle Mendès (1841-1909), fundador do Parnasse, foi, entre outras coisas, autor de alguns contos eróticos.

** Georges Rochegrosse (1859-1938) é um pintor simbolista. Entre seus quadros mais famosos, *Le Chevalier aux fleurs*, uma representação do jardim de Klingsor e das Blumenmädchen no segundo ato de *Parsifal*.

*** Carolina Otero, conhecida como "La Belle Otero" (1868-1965). Espanhola de nascimento, tornou-se a rainha das Folies Bergère. Grande cortesã, foi também a favorita de reinantes e magnatas, entre os quais Ignazio Florio.

**** O Parc-aux-Cerfs, pavilhão para os encontros eróticos de Luís XV nos jardins de Versailles, na verdade foi edificado a pedido de Madame de Pompadour para manter sob controle as concubinas do soberano. O termo tornou-se o equivalente elegante de "bordel"; o erro relativo ao monarca poderia depender de uma malvadeza expressa do autor. O belliniano é perito marafoneiro, mas historiador por conhecimento indireto.

todos o ouviam de boca aberta. Não que acreditassem naquilo, mas achavam a imaginação altamente poética, e cada qual desejava ter os milhões de Ibba para que pudessem inventar semelhantes lorotas suntuosas sobre ele. E o primeiro a sacudir-se do sortilégio poético foi o general. "E como você sabe disso? Esteve na casinha? Como odalisca ou como eunuco?" Riram, Santa Giulia também riu. "Eu já lhes disse: a mulher de Antonio, o meu capataz, viu aquelas pinturas." "Muito bem! Então você tem um capataz chifrudo!" "Chifrudo uma ova! Ela foi lá para levar uns lençóis que tinha lavado. Não a deixaram entrar, mas uma janela estava aberta e ela viu tudo."

O castelo de mentiras evidentemente era fragilíssimo; mas era tão bonito, todo feito de coxas femininas, de obscenidades sem nome, de grandes pintores e de notas graúdas de cem mil liras, que ninguém teve vontade de soprar para fazê-lo cair.

Salina puxou o relógio: "Meu Deus! Já são oito horas! Devo ir para casa e me vestir. Hoje à noite tem a *Traviata* no Politeama, e aquele 'Ama-me, Alfredo!' da Bellincioni é algo que não se pode perder. Vemo-nos no camarote".*

* Cf. a conclusão da "Introdução" ao conto, p. 175.

Critérios editoriais da presente edição

Desse conto nunca se encontrou fonte anterior à sua primeira edição sob o título de "A manhã de um capataz", que apareceu nos *Contos*, prefácio de Giorgio Bassani, Milão: Feltrinelli, 1961. Algumas correções ortográficas foram realizadas na edição dos *Contos* organizada por Nicoletta Polo, com prefácio de Gioacchino Lanza Tomasi, primeira edição revista e ampliada conforme os manuscritos originais, em *Impronte*, Milão: Feltrinelli, 1988. A presente edição traz pouquíssimas correções.

ESTA OBRA FOI COMPOSTA PELA SPRESS EM ELECTRA E IMPRESSA EM OFSETE
PELA LIS GRÁFICA SOBRE PAPEL PÓLEN NATURAL DA SUZANO S.A. PARA
A EDITORA SCHWARCZ EM JULHO DE 2025

FSC
www.fsc.org
MISTO
Papel | Apoiando o manejo florestal responsável
FSC® C112738

A marca FSC® é a garantia de que a madeira utilizada na fabricação do papel deste livro provém de florestas que foram gerenciadas de maneira ambientalmente correta, socialmente justa e economicamente viável, além de outras fontes de origem controlada.